Maria M. Koch

Das liebt nicht jeder

AF209965

MARIA M. KOCH

DAS

liebt

NICHT

jeder

Bibliografische Information der Deutschen Nationalbibliothek:
Die Deutsche Nationalbibliothek verzeichnet diese Publikation in
der Deutschen Nationalbibliografie; detaillierte bibliografische Daten
sind im Internet abrufbar über dnb.dnb.de.

© 2024 Maria Koch
Lektorat: Geschichtenhebamme (Eva Maria Nielsen)
Korrektorat: Sandelan W. Wirth
Covergestaltung: lauranewman.de (Laura Newman)
Satz und Layout: publish4you, Roßleben-Wiehe
Verlag: BoD • Books on Demand GmbH, In de Tarpen 42,
22848 Norderstedt
Druck: Libri Plureos GmbH, Friedensallee 273, 22763 Hamburg
ISBN: 978-3-7597-0490-0

1

Es klopft an der Tür. »Benni?«

»Nein. Bin nicht da. Lass mich!«

Die Tür öffnet sich langsam und die Hakennase von Olga schiebt sich zusammen mit einem ihrer fliederfarbenen Pantoletten in den Spalt. »Darf ich herein kommen?«

»Nein«, aber da sieht er seine Betreuerin schon im Türrahmen stehen. Immer macht sie, was sie mag, egal, was er sagt. Die Falten zwischen seinen Augenbrauen vertiefen sich und er verzieht die Lippen zu einer Schnute.

»Benni, wir müssen reden. Das, was heute im Betrieb los war, ist nicht okay. Wenn du dich nicht zusammenreißen kannst, dann ...«

»... muss ich ins Gefängnis, ich weiß.«

»Ins Gefängnis?« Sie kommt herein und setzt sich zu ihm auf die Bettdecke. Benni senkt den Kopf unter der ausgebleichten Kappe und rückt von Olga weg, bis sein Arm die kühle Wand berührt.

»Wer sagt denn so was? Ins Gefängnis kommt man nur, wenn man ...« Olga seufzt. »Ach was. Es ist ja nicht wirklich was passiert, aber du darfst einfach nicht ... In der Werkstatt wird gearbeitet und sonst nichts, verstehst du?«

Er schnauft wie der Stier, den er einmal im Fernsehen gesehen hat. Den haben die Leute eingefangen und weggebracht. Andreas vom Zimmer nebenan behauptet, dass die

Polizei Benni in ihrem Bus mit den vergitterten Fenstern abholt. Weil Olga nicht wissen kann, was wirklich vorgefallen ist, sagt er: »Das war doch bloß in der Pause.«

»Ja und? Das wollen die Betreuer auch da nicht. Du musst dich anständig betragen. Das ist wichtig.«

»Und reden darf ich auch nix bei der Arbeit«, fügt er mit heiserer Stimme hinzu und schiebt die Lippen vor. Durch die Terrassentür zieht der Geruch von gegrilltem Fleisch herein. Plötzlich hat er Angst, nichts davon zu bekommen, wenn Olga weiter sauer auf ihn ist. Also sagt er einfach »Okay«.

Sie steht auf. »Dann hol ich uns jetzt was zu essen. Tut mir Leid, aber du bleibst heute im Zimmer. Später machen wir eines von den Brettspielen, abgemacht?«

Er streckt ihr die Zunge heraus, was sie zum Glück nicht mehr sieht. Als er aufs Klo muss, begegnet ihm draußen auf dem Flur Andreas. Der hat seine nackte Barbie in der Hand. Benni geht ganz nahe an ihm vorbei und knurrt wie ein gefährlicher Hund. Da dreht Andreas sich um und rennt den Gang entlang. Zufrieden atmet Benni tief ein und wieder aus. Wenigstens Andreas hat Angst vor ihm. Das ist gut. Er ist nicht mehr sein Freund, seitdem er das mit dem Gefängnis gesagt hat.

2

Als Benni zurückkommt, trifft er vor der offenen Zimmertür auf Olga.

»Schau, was ich mitgebracht habe«, sagt sie und zeigt ihm Pappteller mit Fleisch und Bratkartoffeln.

Er greift danach und tritt über die Schwelle. Mit dem Fuß schubst er die Tür hinter sich zu, stellt rasch die Teller ab und dreht den Schlüssel um.

»Benni, warum schließt du ab? Das ist für uns beide. Ich hab das Besteck ...«

Er legt den Zeigefinger auf die Lippen und wartet, bis sie weg ist und sein Kater aus dem Schrank kommt. »Herr Hasenwanz. Da bist du ja. Ich hab ganz viel Fleisch für uns.«

Das Tier maunzt ihn an. Olga mag den Kater wegen seiner Haare nicht, die sie niesen lassen. Damit sie beim Essen nicht stört, schließt Benni auch die offene Terrassentür und zieht den Vorhang vor. Dann hebt er Herrn Hasenwanz zu sich auf das Bett. Er hat seit seinem Unfall nur noch einen Stummelschwanz und kann nicht mehr gut springen. Die grünen Katzenaugen richten sich für einen Moment auf Benni, bevor sie sich schließen und das Schnurren einsetzt. »Ja, ich weiß schon, was du willst.« Der Kater reibt den weißhaarigen Kopf an Bennis Gesicht. Der hebt den Körper hoch und bedeckt den weichen Bauch, der wie Vanillepudding riecht, mit einer Million Küsse.

Dann macht sich das Tier gierig über das Fleisch her, das Benni abgeleckt auf den Teller zurückgelegt hat. »Du hast Hunger, okay? Die Mäuse sind zu schnell für dich. Aber ich bin da für dich. Mein lieber Herr Hasenwanz.« Er streicht über das Fell und lächelt.

Damals hat Benni den Kater mit dem blutenden Rest seines Schwanzes mit ins Wohnheim genommen und über einen Namen für ihn nachgedacht. Weil er unmittelbar aufeinander treffende Konsonanten nicht aussprechen konnte, ließ er sie weg. »Jetzt sprech ich gut, weil ich immer zu Frau Düren nach München fahre, aber dein Name bleibt, okay?«

Später sitzt er im Sessel mit Herrn Hasenwanz auf dem Schoß und streichelt das silbergraue Fell. Die Hand bewegt sich wie in einem stummen Tanz, dem sein Blick folgt. »Ich bin traurig, Herr Hasenwanz. Weil ich behindert bin. Ich mag das nicht.« Es ist still im Zimmer, nur der FC Bayern-Wecker tickt laut und irgendwo im Stockwerk fällt eine Tür ins Schloss. Bennis Blick streift die weiße Wand hinter seinen CD-Türmen. Beim Einzug bat er darum, die Wände in seiner Lieblingsfarbe zu streichen, doch der Hausmeister lehnte es ab, obwohl Mama einen Kübel roter Farbe ins Wohnheim brachte.

»Ich darf nix entscheiden und weiß nix und hab keine Freundin. Und du springst nicht mit ohne Schwanz.« Nach einem tiefen Atemzug sagt Benni: »Wir dürfen nix machen. Aber egal. Wir sind Freunde und hören, wenn Olga kommt und uns stört. Immer will sie mit mir reden und üben. Ich will aber nicht.«

Der Kater richtet seine Augen auf Bennis Gesicht und gibt ein Maunzen von sich.

»Hörst du? Sie kommt. Gleich klopft sie und ruft. Geh in den Schrank und sei still.«

»Benni? Machst du bitte die Tür auf?«

Er ist längst aufgesprungen, um den Schlüssel umzudrehen. Olga öffnet die Tür und tritt ein. Nach einem flüchtigen Blick durch das Zimmer streicht sie den Bettbezug glatt und setzt sich. »Erzähl mal. Was genau war heute los im Betrieb?« Ihre Nasenflügel zucken. »Benni? War hier eine Katze? Die an der Leine, mit der ich dich gesehen hab?«

Er schüttelt den Kopf und schnieft laut. »Die kommt vielleicht nicht mehr.«

»Das tut mir Leid, aber ich halte es trotzdem nicht aus. Ich muss gleich niesen.« Olga steht auf und zeigt auf die Zimmertür. »Kommst du mit? Damit ist dein Zimmerarrest aufgehoben. Wir setzen uns ins Wohnzimmer, reden kurz und spielen dabei eine Runde Memory.« Sie geht voraus.

»Ich komm gleich.« Er öffnet die Schranktür und fragt leise: »Magst du bleiben?«

Der Kater hebt den ergrauten Kopf und lässt ihn wieder sinken.

»Okay. Du bleibst. Ich komm wieder.« Benni lehnt die Schranktür an und folgt Olga ins Wohnzimmer.

Gerade als Olga die Kärtchen über den Tisch verteilt, kommt Andreas schreiend den Flur entlang gerannt. Er ist in Bennis Zimmer gewesen, um nach dessen FC Bayern-

Sachen zu schauen. Dabei hat er die Schranktür geöffnet und Herrn Hasenwanz entdeckt.

Benni muss den Kater auf die Terrasse schicken. »Später darfst du wieder rein, okay?«

3

Florian, Bennis Lieblingsbetreuer, hat frische Krapfen von seiner Mutter mitgebracht. Sie liegen auf einem Kuchenblech in der Küche und die Bewohner stehen an der Tür und bewundern sie.

Olga macht einen Schritt auf sie zu. »Wartet. Ihr wisst, dass heute Putztag ist. Nur wer mir einen aufgeräumten sauberen Raum zeigt, kommt zur Kaffeerunde.« Sie geht voraus zur Putzkammer und verteilt die Staubtücher, die Besen und den Eimer mit dem Wischmopp an die Bewohner. »Nicht umschütten, Sabine, verstanden?«

Andreas klemmt sich die Barbie unter den Arm, um den Staubsauger greifen zu können und Benni bekommt den Teppichroller. Er sieht Olga in ihre Hosentasche greifen und weiß Bescheid. Jetzt geht sie wieder auf die Terrasse zum Rauchen. Einmal hat er sie gefragt, warum sie das macht und sie hat gesagt: »Das hilft gegen das Traurigsein.«

Sie hat ihm nicht erzählt, warum sie traurig ist. Olga ist nicht behindert und darf Auto fahren. Ist er etwa daran schuld, dass sie so selten lacht? Manchmal hört er sie mit Rosi, der anderen Betreuerin, reden und dabei seinen Namen nennen.

Als Olga eine Stunde später an die Tür klopft, ruft Benni laut »Herein«. Stolz steht er mit ausgebreiteten Armen in

11

dem schmalen Gang zwischen Bett und Fernseher. Aus der Anlage tönt ›Ein Stern, der deinen Namen trägt‹ von DJ Ötzi. Bestimmt freut sich Olga darüber, wie gut Benni geputzt hat. »Alles picobello. Du kannst schauen.«

»Stell die Musik ab und sag mir eins: Hast du dir einen Krapfen geholt?«

Sein Kinn fällt herunter, der Mund öffnet sich und erlaubt einen Blick auf eine rosige Zunge. Langsam schüttelt er den Kopf. »Nein. Hab ich nicht. Wer hat den geklaut?«

»Das wüsste ich selber gern«, sagt Olga leise.

»Ich finde den Dieb.« Er saust los zur Küche und schnuppert an den weiß bestäubten goldgelben Krapfen. Dann geht er den Gang entlang und hält vor jeder Tür an, um tief einzuatmen. Er geht nahe an die Klinke und den Türspalt heran. Olga weiß, wie verblüffend gut er riechen kann und folgt ihm neugierig. Doch Benni ist unentschlossen.

»Es reicht, Benni. Vielleicht warst du es ja selbst und das alles ist jetzt nur ein großes Theater.« Sie wendet sich der Küche zu, doch er bittet sie, noch zu warten. Wieder geht er von Tür zu Tür, kniet sich davor und schnüffelt wie ein Hund am Spalt entlang. Als er sich vor Annis Tür niederlässt, dreht sich Olga endgültig weg.

»Schluss jetzt. Anni würde ich sogar zwei Krapfen geben, damit sie was auf die Rippen kriegt. Die klaut freiwillig kein Essen.«

Doch er öffnet schon die Tür und ruft: »Darf ich reinkommen?«

Anni sitzt im Sessel vor dem eingeschalteten Fernseher und nickt.

Benni strahlt sie an. »Bei dir riecht es wie Geburtstag. Hast du was Leckeres? Darf ich in dein Schrank schaun?«

Sie beobachtet ihn mit weit aufgerissenen Augen, ohne zu antworten. Olga steht inzwischen an der Tür, um ihn zurückzurufen. Er hat die Schranktür geöffnet und die Hand unter Annis Wäsche geschoben. Etwas Vermanschtes erscheint. Rot und weiß und ein Rest vom Krapfen, der an Bennis Fingern klebt.

»Ich hab ihn«, jubelt er stolz und Anni beginnt zu schluchzen. Olga beugt sich zu ihr herunter und streicht ihr übers Haar.

»Und ich?« will Benni fragen, aber er sagt nichts. Anni kriegt nie Ärger, weil sie ein stilles Mädchen ist. Das kennt er schon und beschließt, nicht sauer auf sie zu sein.

4

»Wir gehen hinunter an den See. Zieht euch die Schuhe an«, ruft Florian nach der Kaffeerunde.

»Benni, du bleibst da. Wir haben zu reden«, sagt Olga.

Mit zusammengebissenen Zähnen packt er seine Sneakers und schmeißt sie den Flur entlang. Immer muss Olga ihm alles Schöne verderben.

»Schluss jetzt. Es reicht. Warte in deinem Zimmer auf mich.«

Er setzt sich aufs Bett und lässt den Kopf hängen. Vielleicht will sie nur wegen Herrn Hasenwanz reden. Aber vielleicht auch wegen dem Küssen. Egal. Er hasst das Reden. Es bringt nichts. Er sagt immer ›Ja‹ und nimmt sich vor, gut zu sein, aber dann vergisst es sein Kopf wieder.

Nach dem Aufbruch der anderen – Anni hat mitgehen dürfen trotz des Krapfens, den sie geklaut hat – ist es still geworden.

Herr Hasenwanz jammert vor der Terrassentür, aber er muss draußen bleiben.

Olga klopft und ruft: »Komm mit nach vorne.«

Benni lässt die Terrassentür für den Kater offen.

Im Wohnzimmer riecht es nach Olgas Trockenshampoo und ihrem Deostift. Benni geht mit geschlossenen Augen bis zum Tisch, an dem sie sitzt.

»Was machst du? Spielst du wieder blinder Mann? Sei froh, dass du sehen kannst!«

»Aber besser kann ich riechen.«

Olga will das gar nicht wissen, obwohl sie erlebt hat, wie er Annis Krapfen gefunden hat. »Hör zu!« Sie stellt eine Tasse Milchkaffee vor ihn hin.

»Krieg ich Zucker?«

Sie sagt meist nein, damit er nicht zu dick wird, aber heute steht sie auf und holt zwei Beutel Zucker. Dann will sie bestimmt etwas, das er nicht mag. Dafür schmeckt der Milchkaffee süß viel besser.

»Benni, hör zu! Ich versteh, dass du eine Freundin willst, aber das geht einfach nicht so. Wenn du meine Unterstützung dabei willst, brauch ich deine Hilfe, verstehst du?«

Er denkt nein, aber sagt ja, damit Olga weiter redet.

»Bitte sag, was damals mit Dani los war. Mit ihr hattest du endlich eine richtige Freundin, doch dann hast du Schluss gemacht. Vielleicht passiert es dir wieder. Was hat sie falsch gemacht? Was hat dir nicht gefallen, als du die Nacht bei ihr verbringen durftest?«

Er nimmt einen tiefen Atemzug und stößt die Luft wieder raus. Warum versteht Olga nicht, dass er nicht darüber reden will? Dani hat was Blödes gemacht und er mag sie nicht mehr. Zum Glück wohnt sie im anderen Wohnheim und arbeitet nicht in seiner Werkstatt.

»Benni, sag! Hat sie was Dummes gesagt? Bitte sprich mit mir, damit ich ...«

Jetzt ist er auch auf Olga sauer. Den süßen Kaffee schüttet sie sicher weg, aber das ist ihm egal. Nie glaubt sie ihm, wenn er nein sagt. Doch wenn er nein sagt, dann heißt es auch nein. Sie folgt ihm, als er rasch ins Zimmer zurückgeht, aber als er die Tür laut zuschmeißt, bleibt sie draußen. Herr Hasenwanz ist nicht gekommen, und Benni setzt sich aufs Bett und spürt die Tränen von innen an die Wangen drücken. Er hört Olgas Schritte im Flur und ihr Klopfen an der Tür. Benni will allein sein und wartet, bis sie ihn in Ruhe lässt. Sicher geht sie jetzt auf den Küchenbalkon hinaus und raucht.

5

Ein neuer Arbeitstag beginnt. Benni sitzt an seinem Platz in der Fertigung und sortiert die Spritzen für die Zahnarztpraxen in die Boxen. Die Arbeit ist langweilig, aber er mag den weißen Arztkittel. Das Haarnetz allerdings ist komisch und rutscht, da er wenig Haare zum Festhalten hat. Er muss dafür seine Kappe absetzen, was ihm schwer fällt. Sie ist alt und das schöne Rot haben sich die Sonne und der Regen geholt. Die Kappe gehörte seinem Vater. Der war FC Bayern-Fan wie Benni. Er sperrt sie jeden Morgen in den Spind, um sie in der Arbeitspause herauszunehmen und mit dem Schild nach hinten aufzusetzen. Meist fragt ihn dann jemand, warum er sie verkehrt herum trägt. Doch das ist nicht verkehrt, das ist richtig, damit ihm bei Regen kein Wasser in den Kragen läuft.

In der Tischreihe hinter ihm sitzt die hübsche Frau, deren Namen Benni vergessen hat. Er darf sich während der Arbeit nicht zu ihr umdrehen und sie danach fragen. Als endlich die Pausenglocke schrillt, ist er der erste, der vom Platz aufsteht. Er eilt zum Spind, um das Haarnetz mit der Kappe auszutauschen. Er ist auch der erste, der in der Kantine vor der Frau steht, die dort die Getränke ausgibt. »Zwei Kaffee bitte!«

Sie bekommt Falten zwischen den Augen. »Es gibt nur einen für dich. Wie für alle.«

»Aber ich will einen für meine Freundin.«

Sie kneift die Augen zusammen. »Warum kommt die nicht selbst?«

»Die hat Bauchweh.«

»Dann ist Kaffee ganz schlecht für sie«, sagt die Frau und gibt ihm den Euro für den zweiten Kaffee zurück.

Er dreht sich weg und lässt die Augen schweifen, bis er seine hübsche Kollegin an einem der Tische sitzen sieht. Neben ihr ist noch ein freier Platz, den Benni rasch belegt. Er streckt die Hand aus und streicht über ihre Finger. »Magst du meine Freundin sein?«

Sie lacht und nickt.

In seinem Gesicht rutschen die Sommersprossen in die Lachfalten, mit denen er sie anstrahlt. »Wie heißt du?«

»Margit«, hört er sie sagen. Er will sich den Namen diesmal ganz sicher merken.

»Ich sag es Philipp, okay?« Margits Freund kennt er aus dem Wohnheim.

Sie fasst unter dem Tisch zu Bennis Bein hinüber und ihm wird warm im Bauch.

Zurück bei der Arbeit lächelt er still vor sich hin und strengt sich an, die roten Spritzen richtig einzusortieren. Als Marcus, sein Chef, die volle Box hinausträgt, dreht sich Benni zu Margit um und schickt ihr ein Bussi durch die Luft. »Bald ist Mittagessen«, ruft er ihr zu, als Marcus überraschend schnell zurückkommt.

Er steht vor Bennis Tisch. »Was ist los? Was willst du von Margit?«

»Sie ist jetzt meine Freundin.«

»Komm her und setz dich zu mir. Du lässt mir keine Wahl.«

Benni gibt ein Knurren von sich und steht auf, um den Platz zu wechseln. Als er sich zu Margit umdreht, hält sie den Kopf gesenkt. »Blöde Arbeit«, murmelt er hörbar und lässt sich auf dem Plastikstuhl nieder. Er steckt die nächste Spritze in ihre Röhre und wirft sie mit Schwung in die Box. Sie ist so leer wie er sich fühlt. Warum muss Marcus immer so streng werden? Kann ein Chef nicht auch nett und ein Freund sein? Benni seufzt und greift nach der nächsten Spritze.

Als endlich die Glocke für das Mittagessen läutet, zieht er rasch den weißen Kittel aus und das Haarnetz vom Kopf. Statt sich anzustellen, sucht er Philipp, der gerade seinen Teller gefüllt bekommt. »Pass auf, ich muss dich was fragen. Darf ich Margit als meine Freundin haben?«

Philipp schaut kurz auf und geht langsam mit seinem Teller zum Tisch. »Okay«, meint er und lässt sein Essen nicht aus den Augen.

»Danke. Du bist mein Freund«, sagt Benni und stellt sich ans Ende der Reihe für die Essensausgabe.

Der Nachmittag zieht sich wie ein altes Gummiband hin und Benni dreht sich nicht mehr nach Margit um. Er ahnt, dass Philipps Zusage nicht viel wert ist. Beim Gedanken daran, weiterhin ohne Freundin zu sein, stößt er einen tiefen Seufzer aus.

Nach der Rückfahrt zum Wohnheim stürmt er in sein Zimmer und wirft den Rucksack aufs Bett. Die Brotzeitdose knallt gegen die Trinkflasche. Sein Atem geht stoßweise und er starrt auf die zitternden Hände wie auf etwas, das nicht zu ihm gehört.

Vor der Balkontür steht Herr Hasenwanz und stößt mit dem Kopf an den Rahmen, bis Benni ihn entdeckt, öffnet und ihn aufs Bett hebt. »Komm ... mein Freund.« Er drückt den warmen Körper an sich und atmet tief ein und wieder aus. »Pass auf. Ich erzähl dir was. Ich hab Philipp gefragt. Der sagt okay. Aber ich darf nicht mit Margit, sagt Marcus. Der muss immer bestimmen. Dann hab ich eine andere Frau gesehen. Die mit der Tasche. Sie hat Ja gesagt. Sie will meine Freundin sein. Wir haben auf der Bank gesessen, weil der Bus noch nicht da war. Da hat der Chef hergeschaut. Ganz bös hat er geschaut. Sie riecht wie Gummibärchen. Ich hab sie nicht angefasst, nur auf der Bank gesessen. Sie hat Ja gesagt. Aber der Chef hat geschaut und geschaut. Ich trau mich nicht, ihr ein Bussi zu geben. Vielleicht ruft er die Polizei. Schau, wie meine Hände zittern.«

Herr Hasenwanz maunzt und leckt Bennis Finger, die allmählich ruhiger werden.

6

»Ich warte auf dich«, hört Benni Olga mit dem Gesicht zu ihm gewandt sagen. Sie macht aus den Wörtern ein kleines Lied mit verschiedenen Tönen, doch er hört trotzdem ihre Ungeduld heraus.

Er atmet tief ein und wieder aus, bevor er zu ihr hingeht. Schon wieder eines dieser blöden Spiele, das sie vor sich auf dem Tisch liegen hat. Olga zeigt mit dem Zeigefinger erst auf ihren Kopf und dann auf den Platz neben sich, doch Benni lässt sich in den Sessel hineinplumpsen, der ihr gegenüber steht, ohne seine Kappe abzunehmen.

Sie seufzt laut. »Dickkopf, du. In geschlossenen Räumen trägt man keine Mütze. Und außerdem steht jetzt alles auf dem Kopf für dich.«

Er sagt nichts. Er will ja gar nicht spielen. Doch sie hat schon ein Blatt ausgewählt und möchte nun von ihm wissen, wie viele Pullover darauf abgebildet sind. Er soll sie möglichst nicht abzählen, aber er muss, weil er es sonst nicht weiß.

Olga kann wie immer nicht warten und fragt: »Zwei Pulli und ein Pulli sind?«

Er ist sich nicht ganz sicher und sagt einfach »Drei« und sie strahlt.

»Und zwei Taschen und zwei Taschen sind zusammen?«

Er weiß es nicht und sie lässt ihn seine Finger zählen.

Aber dann will sie, dass er es ohne abzuzählen kann und er wird sauer.

»Bitte, Benni, ich mein es bloß gut mit dir. Du musst doch die einfachsten Grundlagen ...«

Mit einem Knurren verzieht er das Gesicht, damit sie ihn endlich in Ruhe lässt. »Ich muss nicht. Ich bin behindert.« Er lehnt sich zurück im Stuhl und schlägt die Beine übereinander.

»Benni. Was haben wir vereinbart?«

»Weiß ich nicht. Du sagst ›Wir‹, aber in echt hast nur du was gesagt.«

»Ich hab dich darum gebeten, die Beine nicht übereinander zu schlagen, das macht man als Mann nicht, und du hast es eingesehen.«

»Stimmt nicht. Warum soll ich das nicht machen?«

Sie seufzt. »Du bist so tüchtig in vielen Bereichen. Oft merken die Leute gar nicht, dass du behindert bist.«

Das weiß er genauso gut wie sie. Er schnauft laut. »Ich hasse die Behinderung.«

»Aber Benni. Sag das nicht. Wenn du nicht behindert wärst, wäre ich nicht deine Betreuerin und könnte hier nicht arbeiten. Wer gibt mir dann das Geld für die Miete, mein Auto und das Essen?«

Für einen Moment weiß er keine Antwort, aber dann sagt er: »Das ist mir egal. Du kannst den Andreas nehmen, nicht mich.«

Olga sagt nichts und räumt das Spiel zusammen. Er schaut ihr zu und atmet auf. Doch er weiß, dass sie nicht damit aufhören wird, ihm das Rechnen beibringen zu wollen.

7

Mit einem Plopp fällt die Ladentür hinter Benni zu. Eine Duftwolke aus Vanille hüllt ihn ein und lässt seine Nasenflügel zittern. Der Blick gleitet die Theke entlang und prüft das Angebot an Croissants und Kuchenstücken.

»Grüß Gott, ich will ein Cappuccino und das da.« Er zeigt auf das Gebäck mit den dunkelroten Kirschen in der Mitte.

»Das macht 5 Euro 70«, sagt die pausbäckige Verkäuferin, greift das Teil mit einer silbernen Zange und legt es auf einen Teller.

Er holt einen 5 Euro Schein aus seiner FC-Bayern-Geldtasche und reicht ihn zur Theke hinauf.

Die Frau stellt die Tasse Kaffee zum Gebäck. »Da fehlen noch 70 Cent.«

»Das hab ich nicht«, sagt er und blickt ihr ins Gesicht. Ist sie nett oder nicht nett?

Sie ist nicht nett. Er schaut dem Gebäckstück, das die Zange zurück in die Auslage legt, mit einem tiefen Seufzer hinterher. Der süße Schwall hängt für einen Moment in der Luft. Jetzt wird ein anderer das Teil bekommen. Benni hört seinen Magen knurren und streicht darüber. Dann streckt er sich nach der Tasse und den Münzen, wendet sich um und begegnet dem Blick einer Frau mit weißem, gewelltem Haar. »Darf ich mich setzen?«

»Ja gerne«, sagt sie und zieht ihren Teller zu sich heran.

Er betrachtet den Rest ihrer Sahnetorte. »Das schmeckt gut?«

»Sehr. Danke der Nachfrage. Warum hast du nichts gewählt?«

»Hab keine siebzig Cent.«

»Was kostet hier 70 Cent?«

»Ich hab schon Geld, aber nicht genug«, beeilt er sich zu erklären.

»Na dann werd ich mal nachsehen«, sagt sie und greift nach ihrer Geldbörse.

Benni hält den Atem an, als die alte Dame ihm die beiden Münzen reicht. Seine Augen leuchten wie angeknipst, als er aufspringt und sich heftig atmend an einem Kunden vorbei zur Theke drängt. »Jetzt hab ich das Geld«, ruft er und zeigt auf die dunklen Kirschen in der Auslage.

Zurück am Tisch spießt er die Gabel in das weiche Fleisch der Früchte und führt sie zum Mund. Seine Zunge schmeckt unter der Gelatine die zarte Säure der Kirschen. Er sinkt tief einatmend im Stuhl zurück. Als die alte Dame ihm ein Lächeln schenkt, nickt er zufrieden. »Soll ich Ihnen was Schönes erzählen?«

»Beim nächsten Mal. Heute hab ich noch was vor«, sagt sie und erhebt sich.

Benni beißt in den Blätterteig und leckt sich die Reste aus den Mundwinkeln. Zum Abschluss löffelt er den letzten Milchschaum aus der Tasse und steht auf. Mit seinem Geschirr bringt er auch das der alten Dame zurück zur Theke. Die Verkäuferin nickt und greift danach.

»Entschuldigung«, sagt er und wartet, bis sie aufschaut. »Darf ich weiter helfen?«

Die Frau macht Falten zwischen den Augen und neben den Mundwinkeln. Dann sagt sie: »Nein. Das geht nicht. Das ist mein Job.«

Er geht zur Tür und hinaus auf die Straße. Dort ist er mehr glücklich als traurig, weil er an die alte Dame und die Kirschen denkt und nicht mehr an die Frau an der Theke.

8

Es ist Freitag Nachmittag und Olga ruft vor Bennis Zimmertür. Noch immer ist seiner Betreuerin nicht aufgefallen, dass er einen roten Punkt auf die Wanduhr geklebt hat. Für die Sprachtherapie bei Frau Düren. Wenn der lange Zeiger genau nach unten zeigt und der kurze beim roten Punkt zwischen der 3 und der 4 angekommen ist, muss Benni los. Als er die Tür öffnet, steht Olga vor ihm in ihrer dunklen Kleidung. Nur die Pantoffeln sind nicht schwarz. Die hat sie sicher von jemandem geschenkt bekommen, den sie mag.

»Komm diesmal zügig zurück. Nicht herumbummeln wie beim letzten Mal!«

»Ich geh Kaffee trinken, wenn ich mag.«

Sie verzieht das Gesicht und ihre große Nase zuckt. »Du scheinst zu viel Geld zu haben, wenn du ...«

Er läuft an ihr vorbei den Gang entlang zur Haustür, drückt auf den elektrischen Türöffner und steht auf der Straße. Tief durchatmen! Die Luft schmeckt sauber nach dem Regenguss vom Vormittag und Benni zieht den Reißverschluss der Jacke hoch. Auf dem Fußweg ist die Erde matschig geworden, deshalb geht er über die Wiese. Lieber nasse Schuhe als schmutzige!

Am Bahnhof angekommen fährt die rote Regionalbahn ein und bleibt mit einer ihrer Türen bei ihm stehen. Sie gleitet geräuschlos auf und er nimmt ihre Einladung an. Ein Fensterplatz wartet und er lässt sich auf das Polster fallen. Ein Schwall aus Gerüchen empfängt ihn und er sucht schnuppernd einen vertrauten Duft. Den säuerlich-süßen nach Friedhofslilien erkennt er wieder, der von einer Frau im bunten Kleid herüberweht. Er atmet so flach er kann und lässt den Blick schweifen. Unbemerkt ist der Zug angefahren. Wie sehr liebt Benni das Dahingleiten. Als roter Wischer fährt eine entgegenkommende Bahn mit einem plötzlichen Luftknall auf dem Nebengleis vorbei. Benni kennt das schon und erschrickt längst nicht mehr.

Die satten Grüntöne der Laubbäume leuchten, dahinter der See und die Windräder am anderen Ufer. Die Bäume stehen jetzt nur noch vereinzelt, der Blick aufs Wasser weitet sich und zeigt eine metallisch silberne Fläche. Wie Quecksilberkügelchen, denkt Benni.
Sie sind ihm einmal aus einem zerbrochenen Fieberthermometer entgegengesprungen.

»Entschuldigung. Hält der Zug in Pasing?« Eine Wolke Weichspüler wallt von einem Mitreisenden auf ihn zu.

»Ja. Er hält in Pasing«, antwortet Benni dem dicken Mann, der ihn angesprochen hat. Als der sich bedankt, kriecht Benni ein schönes Gefühl über den Rücken. Vielleicht kann er bei der Bahn arbeiten und den Leuten Auskunft geben, wie sie fahren müssen. Er kennt die meisten der farbig markierten Strecken auf dem Plan und weiß von vielen sogar die Nummern. Aber er kann ihre Namen nicht lesen oder aufschreiben. Also werden sie ihn dort nicht arbeiten lassen. Er seufzt. Lesen stellt er sich vor wie Zaubern. Damit erfährt man plötzlich etwas Besonderes und kennt sich aus mit etwas Neuem. Das muss schön sein. Wenn er es könnte, würde er bestimmt den ganzen Tag lang Bücher lesen und den anderen davon erzählen.

Er denkt an Frau Düren. Sie ist eine gute Lehrerin, mit der er gerne lernt. Seine Gedanken sind beim Beginn der Therapie, als es ihm schwer fiel, die Wörter so nachzusprechen, dass Frau Düren zufrieden war. Lange hat er geglaubt, dass seine raue Stimme schuld daran war, nacheinander stehende Konsonanten nicht aussprechen zu können, doch das war es nicht. Frau Düren übte mit ihm, bis seine Reibeisenstimme es schaffte.

Er lächelt bei dem Gedanken daran, dass sie es längst aufgegeben hat, ihn zu verbessern, wenn er ihren Namen nennt. Klar weiß er, wie man ihn richtig ausspricht, doch weil sie dürr wie ein Besenstiel ist, nennt er sie »Frau Dürren«. Inzwischen sagt sie nicht mehr: »Benni, bitte nur mit einem ›R‹!«

Kurz nachdem der Zug Pasing passiert hat, steht er auf und wartet im Gang auf die Einfahrt in den Hauptbahnhof. Beim Ausstieg zögert er jedes Mal vor dem breiten Abstand zwischen dem Zug und dem Bahnsteig. Lang und hoch muss Bennis Schritt sein, um auf den Steinplatten zu landen. Doch auch diesmal gelingt es und er läuft in Richtung Bayerstraße. Dort schiebt ein Mann einen vollen Einkaufswagen vor sich her. Gelbe Abfallsäcke und Jacketts und Decken hat er hineingepackt. Eine Frau legt einen Euro obendrauf und Benni sieht den Mann nicken.

Er selbst achtet immer auf die Leute, die am Boden sitzen und Schilder mit was Geschriebenem vor sich stehen haben. Einmal hat er seine letzten Cents dem Menschen ohne Beine gegeben, der hier immer sitzt. Doch der schüttelte den Kopf und lehnte die Münzen ab. Benni bekam ein komisches Gefühl im Bauch und macht seitdem einen Bogen um die Leute am Boden.

Vor ihm taucht das blauweiße Zeichen für die U-Bahn auf und daneben die Treppe, die zur Passage hinunterführt. Dort angekommen riecht es wunderbar nach Seife, Blumen und Pizza. Ein Geschäft neben dem anderen. Sie sind hell erleuchtet und bieten aufregende Dinge an. Immer wieder hält Benni inne und schnuppert. Da erreicht ihn sein Lieblingsduft. Mit einem tiefen Atemzug folgt er ihm und steht auch schon vor dem richtigen Laden. Aufgetürmte Schokoladenpaletten füllen die Auslage und duften durch die geöffneten Glastüren heraus. Von Vanille über geröstete Mandeln und Zimt bis zu Orangen ist alles darin enthalten. Die Platten sind weiß, beige und braun bis zum tiefsten Schwarz. Manche haben Buckel und Splitter von den Nüssen darin.

Er hat Lust, sich zum Genießen auf den Boden zu setzen, doch er fürchtet die Tritte der dahineilenden Menschen. Später, wenn er von Frau Düren zurückkommt, will er sich die Zeit dafür nehmen und einen ruhigen Platz bei den dicken Säulen suchen, wo weniger Leute gehen. Sein Blick streift den Fußteil des Rollstuhls, den er regelmäßig dort hat stehen sehen. Kurz zögert er, doch er muss weiter, um keinen Ärger mit der Therapeutin zu riskieren.

9

Diesmal hat kein Teller mit Keksen bei Frau Düren gestanden. Warum? Hat sie keine gekauft oder sie selber gegessen? Schade. Dabei hat er fast alle ihre Abbildungen richtig benannt, sodass sie ihn nur selten verbessern musste. Das Wort ›Pferd‹ war zu schwer. Leider hat Frau Düren den ›Esel‹ nicht gelten lassen, den Benni nannte. Im ›Pferd‹ sind gleich zweimal die schlechten Buchstaben und nur einer von den guten. Sein Magen knurrt bedrohlich, und bis zum Bahnhof und zum Wohnheim ist es noch weit. Er geht zur Passage hinunter und wirft dem Schaufenster des Schokoladengeschäfts einen Blick zu. Soll er heute dort endlich etwas kaufen? Doch sein Geld wird vielleicht nicht reichen.

Ganz in Gedanken versunken vibrieren mit einem Mal seine Nasenflügel. Es ist ein Geruch, der nicht aus dem Laden stammen kann. Er erinnert Benni an die Schafe, deren dickes Fell er einmal kraulen durfte.

Als er sich nach dem warmen Duft umwendet, sieht er den Rollstuhl mit der Frau darin. Sie hat Falten im Gesicht und verstrubbelte Haare wie aus dem Bett. Der Rest von der Frau ist schmal wie bei einem Kind, das mit der Brust auf seinen Oberschenkeln liegt und den Kopf an die Armstütze lehnt. Die Arme hängen zum Boden hinunter und Benni hat plötzlich Angst, dass die Frau nach vorn aus dem

Rollstuhl kippt. Braucht sie Hilfe? Er geht zu ihr hin und schaut sie an. Nach einer Weile öffnet sie die Augen.

»Hallo. Soll ich dir helfen?« Er weiß nicht, ob er sie duzen darf.

Sie hebt die Hand und bewegt die knochigen Finger in der Art wie alte Leute zum Abschied winken. »Nein, nein«, sagt sie und verzieht das Gesicht wie bei Schmerzen.

Da sieht er die gefüllte Papiertüte am Boden liegen. Vielleicht hat sie jemand für die Frau hingelegt? Er schnuppert und ahnt, was darin ist. »Da ist eine Tüte für dich«, sagt er und hebt sie auf. »Magst du das essen?«, fragt er und muss schlucken.

»Nein, nein«, sagt sie leise und bewegt ihre dünnen Finger. Die dunklen Augen zwischen den Falten sehen traurig aus.

»Aber das gehört dir, oder?«

»Nein, nein«, sie schüttelt den Kopf.

Sein Magen knurrt wie ein Tiger und Benni drückt die Tüte. »Es ist eine Breze, vielleicht mit Butter.« Seine Finger schieben das Papier auseinander. Er schaut hinein. Schnittlauch. Soll er es der Frau sagen? Das mag sie bestimmt. »Das ist ...«

»Nein, nein.«

Seine Nase zittert beim Duft, der aus der Tüte kommt und seine Finger greifen hinein. Wie saubere Wäsche mit Salz riecht die Brezel. Da fällt ihm der Name ›Laugenbrezel‹ ein. Als er hinein beißt, knackst die Kruste ein bisschen. Das Weiche innen mit der Butter und dem Schnittlauch ist für ihn das beste Essen der Welt – außer Schokolade.

Die Zähne kauen, er schluckt und hat bald nur noch die leere Tüte in der Hand. Benni schaut die Frau an, die mit geschlossenen Augen in ihrem Stuhl hängt. Ein unangenehmes Gefühl beschleicht ihn und er setzt sich neben den Rollstuhl auf den Boden. Ist die Frau eingeschlafen und hat gar nicht gemerkt, dass er alles aufgegessen hat? Sie ist so dünn. Wenn sie nichts mehr zu essen hat, muss sie vielleicht verhungern. Benni erschrickt bei dem Gedanken. Ohne ein Geräusch zu machen steht er auf und rennt zum Bahnhof.

10

»Wir wollen heiraten.« Benni trifft Olga im Garten und ist froh, sie allein anzutreffen.

»Schon wieder mal?«

»Ja. Wir bleiben zusammen, für immer. Li ... Lin ... Ich weiß nicht. Die in der Küche. Die Blonde ... die mit den dunklen Haaren.«

Olga schüttelt den Kopf. »Linda? Und sonst? Hell oder schwarz?«

Jetzt hat sie ihn verwirrt. Kapiert sie es nicht? Sie weiß doch sonst immer alles. Er macht einen letzten Versuch. »Die mit den Sandalen.«

Olga gibt ein tiefes Seufzen von sich. »Lass mal. So geht das nicht. Ich kann ja schlecht im Betrieb anrufen und nach ihr fragen.«

»Ja. Mach das. Bitte.« Sein Herz klopft heftig, weil er die Luft angehalten hat.

Olga erwidert seinen Blick nicht nur nicht, sondern wendet sich den Büschen zu, als wäre der süß duftende Flieder plötzlich von besonderem Interesse für sie.

Doch Benni gibt nicht auf. »Ich will in die Kirche für die Hochzeit. Fragst du den Chef?«

»Hör auf mit dem Unfug. Das ist kein Spiel. Ich kenne deine neue Freundin noch gar nicht und werde den Teufel tun, mich um eine kirchliche Trauung zu kümmern.«

»Schade. Ich will aber«, sagt er und starrt vor sich hin. Seine Stimme ist schwer von den Tränen, die darauf warten loszulaufen.

Olga seufzt. »Du nervst. Vielleicht ruf ich nächste Woche mal im Betrieb an. Aber jetzt machen wir uns ans Kochen. Rufst du Andreas? Er hat heute Küchendienst.«

Später sitzen alle am langen Tisch im Wohnzimmer. Durch die Glastür fällt ein Bündel Sonnenstrahlen, das ein schwimmendes Muster aus Lichtflecken und Blätterschatten auf den hellen Parkettboden malt. Doch Olga steht auf und zieht den Vorhang vor das Sonnenlicht. Besteck klappert auf den Tellern. Andreas hat seine Barbie auf dem Schoß und schmatzt. Olga gegenüber sitzt Florian, der ihr einen fragenden Blick zuwirft. Sie schüttelt den Kopf und er zuckt mit der Schulter. Andreas schmatzt weiter und Benni hat Lust mitzumachen. Wenn die Betreuer ihre Ruhe haben wollen, sagen sie nichts. Alle essen, nur Anni stochert im Teller herum und schiebt die Tomaten an den Rand.

»Darf ich?«, fragt Benni und hält die Gabel in die Luft. Anni ist es recht und Olga lächelt. Sie will, dass Anni Bennis Freundin wird, aber er mag nur ihre Tomaten.

11

Das Klopfen ist leise und Benni hebt den Kopf und schiebt Herrn Hasenwanz vom Bett. Der schlüpft in den offen stehenden Wandschrank hinter die große FC Bayern-Tasche.

»Wer ist da?«

Die Tür öffnet sich für einen Spalt, der langsam breiter wird.

»Leo! Du bist da!« Benni rutscht vom Bett auf die Füße und steht vor seinem Bruder, der ihn um mehr als einen Kopf überragt. Als könne er nicht glauben, was er sieht, schüttelt er den Kopf und streckt die Arme aus. »Mein Bruder ist da! Endlich.« Mit einem Schluchzen presst er sich an Leanders Brust.

»Benni. Alles klar? Was ist los mit dir?«

»Freu mich, dass du kommst. Ich denke immer, du kommst, aber ...«

Leander tritt einen Schritt zurück und knetet die Hände. »Entschuldige. Ich weiß, ich hatte es schon längst vor, aber immer ist was anderes los. Es ist auch heute nur kurz, weil wir gerade hier durchgefahren sind. Mein Freund wartet unten im Auto.«

»Du holst mich ab? Wohin fahren wir?«

Sein Bruder sucht nach Worten. »Wir fahren zur Sommersonnenwende. Das wird spät, weißt du. Wir trinken Alkohol und schlafen dort. Da kannst du nicht mit. Sorry.«

Benni schnieft hörbar. Dann fällt ihm etwas ein. »Ich will dein Freund sehen. Amy ist auch dabei?«

»Nein. Sie hat Montag eine wichtige Klausur, eine Prüfung. Dafür muss sie lernen.«

Als die beiden den Gang entlang gehen, taucht Olga am Ende auf. »Benni?«

»Ich komm gleich wieder. Muss nur Freunde treffen«, ruft er ihr zu und läuft hinter Leander her, der leise fragt: »Typ Wachhund, was?«

»Genau«, knurrt Benni.

Am Auto geht die Beifahrertür auf und erlaubt den Blick auf einen junger Mann, der seine langen Beine unter das Armaturenbrett gefaltet hat. »Hi. Ich bin Louis. Bei dir alles klar?«

Benni nickt und Leander knufft ihn an den Oberarm. »Wir sehen uns bald. Gut?«

Ohne eine Antwort zu geben, hebt Benni die Hand und schaut dem Pkw noch nach, als der längst hinter den Nachbarhäusern verschwunden ist. In seinem Bauch ist ein Loch. Scheiß Behinderung. Er hasst sie. Er will wie Leo und Louis sein.

»Benni? Kommst du?« Es ist Olga am weit geöffneten Fenster des Mitarbeiterraums. Er antwortet nicht, sondern rennt zum Müllhäuschen. Dort schiebt er die Tür des Verschlags auf, um hineinzuschlüpfen. Hätte Leo ihn nicht doch mitnehmen können? Er knirscht mit den Zähnen und stößt mit dem Fuß gegen die Hartplastiktonne, die nach draußen umkippt. Egal. Sie bleibt mit offener Klappe liegen. Papierbögen und einzelne Zeitungsseiten fallen heraus und flattern mit dem nächsten Windstoß davon. Benni sieht ihnen nach, bis sein Atem wieder ruhig strömt. Ein Umzugskarton rutscht von der Wand zu Boden und streift Benni, der den Blick darauf richtet. Herr Hasenwanz kriecht mit einem Maunzen darunter hervor.

»Hi. Wo kommst du her? War die Terrassentür offen?« Er packt seinen Kater, drückt ihn fest an sich und flüstert ihm zu: »Sei leise. Olga sucht mich, aber ich mag nicht mit ihr reden. Ich bin traurig, weißt du. Leo ist weggefahren mit ohne mich. Dabei will ich auch ... Kack Behinderung. Ich darf nicht. Ich darf gar nix. Ich bin erwachsen, aber ich darf nix. Ich will auch ... Mitfahren zum Fest und Freundin haben und tanzen und Musik und alles. Papa spielt immer Gitarre und singt. Warum ist der tot?«

Er hält inne und Herr Hasenwanz nutzt den Moment und springt ihm vom Arm.

»Du musst leise sein. Bleib da, damit Olga uns nicht sieht.« Seine Hand streicht über das Fell des Katers. »Nur ganz leise schnurren, okay?« Er schiebt die Tür zu und lehnt sich an einen der gefalteten Kartons neben den Tonnen. »Des ist gut hier, aber des stinkt. Und ist dunkel ... Ich bin auch dunkel, weil Papa weg ist. Tot, sagt Olga. Mama und Leo auch. Aber ich hab ihn nicht gesehen. Wie ist der Papa tot?« Bennis Hand streicht weiter über Herrn Hasenwanz' Fell, bis sich ein Schluchzen tief im Bauch löst und zum Hals hinauf steigt. Tränen laufen ihm über die Wangen und er beugt sich zu seinem Kater. »Vielleicht ist er gar nicht richtig tot. Er hat versprochen, dass wir mit dem Schiff fahren und sein Versprechen muss man halten. Ich hab die Karte mit dem Bild, was er gemalt hat. Wir fahren über'n See, hat er gesungen, aber er hat ...«

Es knallt. Die Tür wird aufgeschoben und das Licht der schräg stehenden Sonne fällt herein. Jemand klappt die Tonne auf, schüttet etwas hinein und lässt den Deckel zufallen. Die Stimme des Hausmeisters schimpft und Benni, der sich an die Wand drückt, versteht die Wörter »Sauerei« und »Drecksbande«. Mit Getöse wird die umgekippte Tonne wieder aufgestellt und neben die anderen gewuchtet. Benni beißt sich auf die Lippen, um keinen erschrockenen Laut von sich zu geben.

Es wird wieder still in der Anliegerstraße. Bennis Herz klopft ruhig und sein Magen gibt ein erstes Knurren von sich, sodass er sich aufrichtet, um auf die Straße hinaus zu treten. Da ertönt das vertraute Surren der Haustür. Jemand verlässt das Wohnheim. Benni schiebt den gefalteten Karton wie ein Schild vor sich, um dahinter verborgen zu bleiben.

Es ist Gerd. Doch er ist nicht allein. Die Schritte gehen an Benni vorbei, der den Atem anhält. Gerd mag er nicht. Der raucht Zigaretten und trinkt Bier mit Alkohol und fährt am Wochenende in die Disko. Einmal hat Gerd ihm von Frauen erzählt, die Sex machen. Ob das stimmt, weiß er nicht. Er fährt lieber in die Behindertendisco, wo es hell ist und das Bier keinen komischen Kopf macht.

Als er Gerd nachschaut, erkennt er Andreas und noch jemand Fremdes. Sie reden miteinander, doch sie sind schon zu weit entfernt, um etwas zu verstehen. Vorne an der Straße verschwinden sie und Benni fragt sich, warum sie um diese Zeit den Weg hinüber zum Kanal gehen. Soll er Olga Bescheid geben? Aber vielleicht hat sie Gerd erlaubt, mit Andreas einen Abendspaziergang zu machen. Soll er ihnen hinterher gehen? Er will keinen Streit mit Gerd. Der kann nicht nur lesen und rechnen, sondern auch besser lügen als Benni. Also bleibt er zwischen den Mülltonnen sitzen und wartet darauf, dass sie zurückkommen. Herr Hasenwanz schnüffelt am Boden herum.

Da hört Benni plötzlich Andreas weinen und Gerd schimpfen. Eine fremde Stimme lacht und verstummt nach Gerds Zischen.

»Du bist selber Schuld, wenn du deine Barbie zum Pullern übers Wasser hältst. Sei froh, dass du nicht selbst hineingefallen bist.«

Das Weinen von Andreas schwillt an. »Barbie holen«, versteht Benni zwischen dem Schluchzen, doch Gerd reagiert nicht darauf.

Benni ist längst klar, dass die beiden Männer ein böses Spiel mit Andreas spielen. Sie reden und lachen. An der Haustür drückt Gerd auf den Öffner, lässt Andreas allein ins Wohnheim gehen und unterhält sich weiter mit dem Anderen. Benni sieht in der Dämmerung die Glut der Zigaretten aufleuchten und weiß plötzlich, was er machen wird. Er kriecht auf Händen und Knien aus dem Verschlag und drückt sich zwischen einem geparkten Auto und der Hecke des Nachbarhauses die Straße entlang.

Inzwischen ist es finster geworden und Benni wagt es, die Straße bis zum Abzweig, wo der Kanal beginnt, zu rennen.

Dort stehen Straßenlaternen und werfen ihr Licht auf das Wasser. Benni geht den schmalen Graben entlang und sieht schon aus der Entfernung die Puppenhaare auf dem Wasser schwimmen. Als er sie erreicht hat, beugt er sich über die untere Stange des Geländers, greift danach und zieht die Barbie aus dem Gewässer. Der Ärmel seines Hoodies wird feucht.

Von der anderen Kanalseite bellt ein Hund zu ihm herüber und der Hundebesitzer beobachtet ihn. »Was machst da?«

Benni antwortet nicht, sondern sprintet mit der Puppe in der Hand den Weg zurück zum Wohnheim. Hier steht keiner mehr vor der Tür, er drückt die Klingel und ist erleichtert, als der Türöffner summt. Im Treppenhaus lauscht er und hört Olga reden und Andreas laut weinen. Die Stimmen kommen aus der Küche. Ohne ein Geräusch zu machen, geht Benni den Gang entlang, öffnet Andreas' Zimmertür und legt die nasse Puppe auf den Vorleger vor dem Waschbecken.

Aufatmend läuft er weiter zu seinem eigenen Zimmer, wechselt den Hoodie und geht ins Wohnzimmer zum Abendessen und um seine Tablette abzuholen. Soll er Gerd sagen, was er jetzt über ihn weiß?

12

Wieder ist Freitag und Benni bricht nach München auf. In seinem Bauch ist ein Sturm, der sich wie die Trommel in der Waschmaschine dreht und ihn mehrmals zur Toilette gehen lässt. Er will nicht mehr daran denken, doch in seinem Kopf bleibt der Gedanke an die Brezel, die er der Frau weggegessen hat und die ihm jetzt Bauchschmerzen macht.

Im Regionalzug findet er diesmal keinen Sitzplatz und begnügt sich mit einem Klappsitz neben dem Klo. Das Geruchsgemisch aus Ammoniak und künstlichen Duftstoffen aus der sich automatisch öffnenden und schließenden Tür lässt ihn nur flache Atemzüge nehmen. Für die an den Fenstern vorbeigleitende Landschaft hat er heute keinen Blick übrig.

Vom Münchner Bahnhof aus geht er rasch die Bayerstraße entlang, ohne auf den Mann ohne Beine zu achten, der dort wie gewohnt sitzt. Die Treppe zur Passage hinunter klopft Bennis Herz so stark, dass er stehenbleibt und die Hand darauf legt. Jemand rempelt ihn von hinten an, sodass er rasch weitergeht. Er stellt sich vor, dass der Rollstuhl mit der Frau nicht mehr am alten Platz steht. Hofft er es nicht sogar ein bisschen? Dann muss er vielleicht nicht mehr an sie denken. Er hält den Blick auf die Glasfassade des Schokoladengeschäfts gerichtet und atmet die himmlisch-süße Duftwolke ein, die ihn sanft einhüllt.

Ein Mann im Janker und in Lederhosen geht an ihm vorbei, der ihn laut sagen hört: »Die Schokolad von dena is a ned besser als die vom Netto.«

Außer einem Kopfschütteln fällt Benni keine Antwort ein. Deshalb beschließt er, stumm zu bleiben, da seine Nase zuckt. Eindeutig Knoblauch. Hoffentlich geht der Fremde rasch weiter und lässt ihn in Ruhe.

Er weiß, dass es nun so weit ist, sich nach der Frau im Rollstuhl umzuwenden, die er längst gerochen hat. Als er auf sie zugeht, sind die Augen in dem zerknitterten Gesicht offen, doch ihr Blick gleitet an ihm vorbei.

»Hallo. Ich bin Benni und es tut mir leid, dass ich deine Brezel gegessen hab. Darf ich ›du‹ zu dir sagen? Wie heißt du?«

Ein feines Lächeln legt sich auf die Augen, die sich jetzt auf ihn richten. Die Frau haucht ein »Nein, nein« und bewegt die Finger, die ihm noch knochiger vorkommen als in der Woche zuvor. Heißt das, dass sie ihm vergibt? Oder will sie ihren Namen nicht verraten? Er überlegt. Plötzlich fällt ihm ein, wie er sie nennen will. »Marie« sagt er leise vor sich hin. Das passt, so zart und schmal wie sie ist. Aber sie braucht auch einen Nachnamen. Es soll aber keiner sein wie der von anderen Leuten. Benni nimmt einen tiefen Atemzug und spürt, wie sich seine Mundwinkel nach oben bewegen. Da weiß er es. Er wird ihr den schönsten Namen von allen geben. Solange sie ihm keinen anderen nennt, wird sie »Marie Marie« für ihn heißen.

13

Kurz darauf drückt Benni in der Müllerstraße gegen die Haustür, die sich öffnet. Er steigt lieber die Treppen hinauf statt den Lift zu benutzen, denn er mag den Blick hinunter zur Straße, der sich mit jedem Stockwerk ein wenig verändert. Im 3. Stock sind die Menschen nur noch klein wie Puppen und er könnte Papiersegler zu ihnen hinunter fliegen lassen, wenn die Fenster zu öffnen wären.

Er tritt davon zurück und auf die Tür mit dem silbern glänzenden Schild zu. ›Barbara Düren, Logopädin, Termine nur nach Absprache‹ steht darauf, hat die Therapeutin ihm vorgelesen. Auch hier genügt es, dass Benni gegen die Tür drückt, damit sie sich öffnet. Frau Düren hat ihm erklärt, dass sie es Leid ist, für jeden einzelnen Patienten den Türöffner zu bedienen. Erst wenn sie am Ende des Tages keine Termine mehr hat, stellt sie die Entriegelung zurück.

Er mag die Wohnung. Von der gemütlich mit bunten Wandbehängen und vielen Leuchten eingerichteten Diele gehen mehrere Türen ab. Außer der Gästetoilette kennt er bisher nur den hellen Raum, in dem Frau Düren mit ihm arbeitet. Von dort erreichen ihn leise Musik und ein feiner Zitronengeruch.

Frau Düren hat Benni gehört und kommt auf ihn zu. »Schön, dass du da bist. Hol dir Schlappen und komm rein.«

Mit jedem Besuch hat er das Gefühl, ein bisschen zu wachsen. Nicht nur mit dem Sprechen, sondern auch mit seiner Größe. Seitdem sie ihn zu Beginn ihrer Therapie dazu ermahnt hat, richtet er sich jedes Mal kerzengerade auf, wenn er bei ihr sitzt. Sie schaut ihm beim Reden immer ins Gesicht und hört zu, ohne ihn zu unterbrechen. Meist bricht er nach der Stunde auf mit dem Gefühl, ihr eine Freude bereitet zu haben. Das gibt ihm das Empfinden, etwas Besonderes zu sein.

»Alles gut bei dir?«

»Es geht mir gut, liebe Frau Dürren.«

Sie lacht mit ihrer tiefen Stimme, die Benni an eine Glocke denken lässt, und sagt: »Wenn ich nicht wüsste, warum du meinem Namen ein zweites ›r‹ schenkst, müsste ich dich von neuem die langen Umlaute sprechen lassen. Aber so ...« Sie schüttelt die pechschwarze Pagenfrisur.

Er lässt den Blick über die Therapeutin gleiten. »Du bist aber echt ...«

»Ich wäre glücklich, wenn du das Wort durch einen positiven Begriff, vielleicht ›gertenschlank‹ ersetzen würdest.«

»Ger-ten-sch-lan-k« wiederholt er. »Das ist schwer. Das ist wie ›dürr‹?«

»Genau. Nur viel schmeichelhafter für mich.«

Glücklich darüber, ein neues Wort gelernt zu haben, nickt er. Noch ahnt er nicht, wie diese Stunde enden wird.

Fünfzig Minuten später reicht Frau Düren ihm ein Kuvert. »Der Brief ist für deine Betreuerin. Du sprichst inzwischen sehr gut und wir müssen das Ende der Therapie ins Auge fassen.«

Er kommt sich vor wie im Autoscooter nach dem Zusammenstoß mit einem zweiten Elektroauto. Betäubt und sprachlos, sodass der Gedanke, nach der letzten Sitzung zu fragen, in seinem Kopf so weit nach hinten gerutscht ist, dass Benni ihn nicht mehr einfangen kann.

14

Als er die Treppe zur U-Bahn mit dem Brief in der Hand hinunter steigt, bemerkt er, dass der Umschlag nicht verklebt ist. »Frau Dürren ist schlau, aber ich bin superschlau«, brummt er vor sich hin. Er wird ihn sich vorlesen lassen, bevor Olga ihn bekommt. Wenn er weiß, was die Logopädin geschrieben hat, kann er das Ende seiner Therapiestunden vielleicht noch hinauszögern.

In der Passage im Untergeschoss reihen sich die hell erleuchteten Geschäfte aneinander. Alle Zugänge stehen offen, sodass Passanten hinein - und herausströmen. Benni zweigt nach links in die Hauptachse ab, wo ihn sein Lieblingsgeschäft anstrahlt. »Schokolade« flüstert er.

Für einige Momente vergisst er den dummen Brief und Marie Marie, die er sicher gleich wieder treffen wird. Er möchte den Anblick des Ladens genießen und beobachtet durch die Glasscheibe, wie die Köstlichkeiten, in Scheiben geschichtet, für die Kunden abgebrochen und in Cellophanbeutel geschoben werden. Er spürt seine eigenen Finger die Schokolade brechen und atmet den Duft ein, den das frische Stück verströmt. Irgendwann wird Benni auf einen der dunklen Türme zeigen und eine Tüte voll davon bekommen. Er wird Schokoladenstückchen zwischen die Hälften einer Laugenbrezel stecken und den Geschmack erleben. Noch zögert er, in das Geschäft zu gehen, Geld auf den

Tresen zu legen und dieses Wunder Wirklichkeit werden zu lassen. Sicher ist die Schokolade teuer und er bekommt wenig für sein Geld, sodass es gar nicht so toll wird, wie er es sich erhofft.

Doch die Gerüche, die an diesem Tag aus dem Geschäft herausströmen und ihn einhüllen, sind ein geschenkter Genuss. Seine feine Nase erkennt ein Lebkuchengewürz, Kakao, Vanille und sogar eine Spur von Ingwer, den Olga manchmal kaut.

Olga. Der Brief. Er muss erfahren, was darin steht. Benni dreht sich zu den mannsdicken Säulen vor der gegenüberliegenden Glasfront um. Der Rollstuhl steht immer hinter dem selben Pfeiler. Auch heute steht er dort und Marie Maries Kopf lehnt an der Armstütze. Sie schaut in Richtung der Passanten, die sich an ihr vorbei bewegen, als wäre die Frau mit den ungepflegten Haaren unsichtbar.

Er wünscht sich, dass Marie Marie ihm den Brief vorliest. Das kann sie bestimmt. An ihren Augen hat er gesehen, dass sie klug ist. Das Problem ist nur, dass sie nichts sagt.

»Hallo. Ich bin da. Ich war bei Frau Dürren, die lieber ›Ger-ten-sch-lan-k‹ mag, aber in echt heißt sie Frau Düren. Früher hab ich nicht gut sprechen gekonnt. Aber sie hat mir geholfen und jetzt rede ich gut und sie mag nicht mehr mit mir üben. Das ist schlecht, weil ich dann nicht mehr nach München fahren darf. Ich hab einen Brief. Kannst du lesen?« Er ist außer Atem geraten mit den vielen Sätzen und wartet nun darauf, dass Marie Marie vielleicht doch etwas sagt.

Aber sie lächelt ihn nur aus den dunklen Augen hinter den mausgrauen Haarsträhnen an und bewegt die Finger. »Nein, nein« hört er sie sagen und es klingt für ihn diesmal wie eine Entschuldigung.

»Aber pass auf, ich geb ihn dir ...« Er zieht den Brief aus dem Umschlag und hält ihn Marie Marie hin. »Da steht mein Name und Geburtstag: Benni Kimberling, 9. August 2002 in München. Ich weiß das. Das ist bald. Aber ich kann nicht lesen, was Frau Düren an Olga geschrieben hat. Kannst du? Nein? Aber vielleicht später. Ich geb dir den Brief. Nächsten Freitag komm ich wieder.« Damit steckt er den Brief zurück in den Umschlag und diesen zwischen die Armlehne und Marie Marie. Sie schreckt vor seiner Nähe zurück, doch als er sich aufrichtet, lächelt sie wieder.

15

Endlich Feierabend. Zurück in seinem Wohnheimzimmer sieht Benni Herrn Hasenwanz mit weit offenen Augen vor der Terrassentür warten.

Er lässt ihn herein, hebt ihn zu sich aufs Bett, streichelt das silbergraue Fell und lässt DJ Ötzi »Ein Stern, der deinen Namen trägt« singen.

Bennis Gedanken wandern zu Andrea. Als er aus dem Bus gestiegen ist, hat sie ihm vom 1. Stock aus zugewunken. Vielleicht darf er sie besuchen. Aber bestimmt sagt Rosi, die heute Dienst hat, »Nein«, wenn er sie fragt. Doch sie kontrolliert zum Glück nie, wo er sich aufhält. Also wird er nach dem Abendessen zu Andrea hinaufgehen.

Beim Heimkommen hat es nach verkochten Nudeln mit brauner Butter gerochen, was er mag. Er beeilt sich mit dem Essen, holt sich bei Rosi seine Abendtablette und steigt die hintere Treppe zum 1. Stock hinauf.

Bei Andrea klopft er leise an die Tür. Sie lacht, als er eintritt und sich zu ihr aufs Bett setzt. Im Fernsehen läuft ein Film von der kleinen Masha und dem großen Bären.

»Zusammen Film anschauen ist viel lustiger als allein«, sagt Benni und Andrea nickt. Sie riecht gut nach Karamellbonbons und er schnuppert an ihren Haaren. Als er ihr den Arm um die Schultern legt, richtet sie die himmelblauen Augen auf sein Gesicht und rutscht zu ihm hin. Er stößt einen langen Atemzug aus. Frauen sind was Wunderbares. Benni liebt es, sie zu umarmen.

Das Klopfen hört er sofort, wendet den Kopf und sieht Franz, den Betreuer, im Türrahmen stehen.

»Benni, was machst du bei Andrea?«

»Ich besuch sie. Ich hab gefragt und sie hat ja gesagt.«

Franz schüttelt den Kopf. »Hast du Bescheid gegeben? Nein? Das ist gegen unsere Absprache.«

Benni holt tief Luft und gibt ein Knurren von sich. »Das ist deine Absprache, nicht meine.«

»Für dich bedeutet unsere Ansage, dass du dich daran hältst. Wenn du weiter hier wohnen willst ...«

Er erhebt sich und geht laut schnaufend zur Tür.

»Warte! Ich will eine eindeutige Antwort, sonst ...«

»Ich hab gar nix gemacht. Nur bei Andrea gesessen und Film geschaut. Sonst nix.«

»Das spielt keine Rolle. Du darfst nicht in fremde Zimmer, ohne dass jemand von uns Betreuern davon weiß. Ist das klar?«

»Ich hab kein Bock mehr. Immer schimpfst du und die anderen. Ich mag nicht mehr. Ihr seid blöd.«

Schweigend folgt Franz ihm und schließt die Tür hinter sich. »Wir sprechen uns noch«, sagt er und deutet auf das Treppenhaus.

Benni tut der Bauch weh von den Gefühlen darin. Tränen überschwemmen seine Augen. Wie blind tastet er nach dem Geländer. Warum darf Franz immer noch über ihn bestimmen, obwohl er doch schon längst erwachsen ist?

16

Wieder ist Freitag und Benni unterwegs zu Frau Düren. Von seinem Regencape tropft das Wasser auf den Boden im Zug und bildet Pfützen. Der Geruch der Passagiere ist muffig wie der von zu lang getragenen Wollsocken. Vor den Fenstern des Zugs treffen die dunklen Silhouetten der Bäume auf die mausgrauen Streifen von Himmel und See, die an diesem Nachmittag wie Liebende miteinander verschmelzen.

Vom Bahnhof zur Passage läuft er diesmal schneller als üblich, weil er sich auf Marie Marie freut. Ein wenig hofft er darauf, dass sie heute mit ihm redet und etwas zu Frau Dürens Brief sagt.

Doch noch bevor er in der Passage angekommen dem Schokoladengeschäft einen sehnsüchtigen Blick zuwirft, vibrieren seine Geruchsnerven. Etwas Schlechtes mischt sich in die schokoladige Duftwolke. Sein Schritt stockt, als sei er an eine gläserne Wand geprallt. Er wendet den Kopf zu Marie Maries Stammplatz. Ihr Körper im Rollstuhl liegt zusammengesunken wie ein Pappkarton, der zu lange im Regen gestanden hat. Als Benni auf sie zugeht, atmet er flach. Es riecht nach Fisch und faulen Eiern. »Marie Marie?«

Sie öffnet die Augen und er meint, etwas wie ein Erkennen über ihr Gesicht huschen zu sehen. »Was ist los? Was

51

soll ich machen? Ich weiß nicht ...« Er steht da, als habe man ihn eingegipst.

»Nein, nein«, flüstert sie und bewegt die Finger. Benni atmet auf. Er denkt an seinen Termin und läuft die Passage entlang. Bis er von Frau Düren zurückkommt, ist ihm vielleicht eingefallen, was er für Marie Marie tun kann.

Als er bei der Logopädin im hellen, zitronig duftenden Therapieraum sitzt, ist Benni stiller als gewöhnlich. Sie fragt ihn, ob er etwas auf dem Herzen hat. Wie gut sie ihn kennt. Aber noch will er nichts von Marie Marie erzählen. Da fällt ihm sein Vater ein. »Papa hat gesungen. Vom See fahren. Wenn ich groß genug bin für das Ruder. Dann war ich genug groß. Aber er hat gesagt, ich muss noch warten. Dann haben sie gesagt, er ist tot. Oder stimmt das nicht? Er hat es versprochen und auf die Karte geschrieben.«

»Die hast du noch?«

Er nickt. Frau Düren schweigt eine Weile, dann sagt sie: »Gibt es niemanden, der mit dir zum Grab geht? Du solltest ihm die Karte zurückgeben, wenn er sein Versprechen nicht mehr einlösen kann.«

Benni schnauft und überlegt, ob ihm die Idee gefällt. »Ich weiß nicht.«

»Lass dir Zeit. Denkt darüber nach, ob du sie verbrennen und die Asche zur Erde vom Grab geben willst. Wie klingt das für dich?«

»Weiß nicht. Du hilfst, wenn wir das machen? Zum Grab gehen? Aber ich weiß nicht, wo das ist.«

»Das kann man erfragen. Entschuldige, wenn wir heute

etwas früher Schluss machen. Ich fahre nach dem nächsten Termin übers Wochenende weg.« Dabei wirft sie einen Blick auf ihr Handy. Benni beeilt sich mit der Jacke und den Schuhen. Er ist froh, dass Frau Düren nicht nach dem Brief gefragt hat. Ihre Reisetasche steht bereits an der Garderobe und Benni wünscht ihr viel Spaß, bevor die Tür hinter ihm zufällt.

Beim Hinabsteigen schaut er durch jedes Fenster des in Apricot frisch gestrichenen Treppenhauses. Er beobachtet die Leute unten auf der Straße mit Hüten, Hunden und Kinderwägen und hört währenddessen den Lift in die Höhe fahren. Sein Kopf ist schwer vom Denken an Papa, an Leo und an Frau Düren. Dann fällt ihm auch noch Marie Marie in ihrem versifften Rollstuhl ein. Wie kann er ihr helfen? Er geht zur Haustür hinaus und die Straße entlang bis zur Passage hinunter. Dort angekommen schaut er kurz zum Schokoladengeschäft hinüber und ist erleichtert, dass die schokoladigen Türme nicht weniger geworden sind. Noch immer stehen sie geschichtet und hoch aufgetürmt unter den hellen Deckenleuchten und schicken ihren Duft zu Benni hinaus.

Da fällt es ihm auf. Etwas hat sich verändert. Der schlimme Geruch von Marie Marie fehlt, zusammen mit ihr und dem Rollstuhl. Nur noch eine schwache Brise davon erreicht Bennis Nase. Mehrmals geht er die Passage entlang, hin und zurück, setzt sich hinter die Säule auf den Boden, presst die Augen zusammen und denkt intensiv an sie. Vielleicht hat jemand sie abgeholt, um ihr zu helfen?

Der Gedanke ist verlockend, doch Benni traut ihm nicht. Er holt sich das Bild im Kopf zurück, wie sie zusammengesunken in ihrem Rollstuhl sitzt und die Hand bewegt.

Plötzlich hat Benni ihren Geruch wieder deutlich in der Nase. Ist sie zurück gekommen? Er öffnet die Augen und sieht hinter der nächsten Säule ein Tuch am Boden liegen. Vorsichtig hebt Benni es auf. Hellgrau und dünn riecht es wie das fauliges Ei, das er als Kind einmal Monate nach dem Osterfest gefunden hat. Aber es riecht auch nach Marie Marie. Hat sie es verloren oder absichtlich fallen lassen, als sie weggefahren wurde? Er ist sich sicher, dass es das Tuch ist, das über den Knien von Marie Marie gelegen hat. Zögernd hält er es an seine Nase und schließt die Augen. Dann stopft er es in die Jacke und rennt den Weg zur Treppe zurück.

Eigentlich muss er zum Wohnheim zurück, doch aufatmend erinnert er sich daran, dass Olga heute Abend frei hat. Mittags erwähnte sie, dass Rosi den Dienst übernimmt, und das ist gut so. Bevor Rosi auffällt, dass er fehlt, ist es vielleicht schon Nacht. Bis dahin hat er Zeit und die will er nutzen.

17

»Marcus. Du bist' s.« Rosi hat nach ihrem Smartphone gegriffen und die Nummer ihres Liebhabers erkannt.

»Ja logisch. Nachdem ich nichts von dir höre, muss ich mich doch bei dir melden.«

»Aber ich bin grad erst zurückgekommen von meinem Kurzurlaub. Hab noch keinen Koffer ausgepackt und bin schon zum Dienst eingeteilt.« Rosi versucht mit Marcus Hochdeutsch zu reden, was sie jedoch nicht lange durchhält, weil sie beide viel lieber bayrisch miteinander reden.

»Na so was. Da gibt' s nur eins. Ich komm zu dir.«

»Des machst ned. Des gibt Ärger, wenn's rauskimmt.«

»Geh. Wir machen ja nix. Nur mal drücken und anschau'n, mehr ned. Versproch'n.«

Rosi lacht laut auf. »Des kenn' i scho. Nix da. I lass di ned rein.«

»Dann geh ich zum Andreas. Der lässt mich ins Zimmer und dann bin ich drin.«

»Marcus. Bitte, gib a Ruh. Wir seh'n uns morgen. Servus.«

Aufatmend schaltet Rosi ihr Smartphone aus und macht ihre Runde.

Bei Andreas läuft der Fernseher in voller Lautstärke und sie öffnet die Tür. »Andreas, bitte mach leiser!«

Bei Anni und den anderen ist hinter den Türen nichts zu hören.

Dann steht Rosi vor der von Benni und lauscht. Sie hört leise Musik, aber kein Licht im Türspalt. Schläft er etwa schon oder ist er von München noch nicht zurück? Im Betreuerzimmer hat sie in seinem Blister die für heute fällige Tablette liegen sehen, doch Rosi will ihn deswegen nicht wecken. Auf Stress mit Benni kann sie verzichten.

Er hat sie einmal mit Marcus zusammen erwischt, als der sie im Wohnheim besuchte. Marcus nahm ihm danach das Versprechen ab, mit niemandem über ihr Geheimnis zu reden. Doch allein das Wort ›Geheimnis‹ hat Rosi sofort klar gemacht, dass Benni darauf brennt, es weiter zu erzählen. Seitdem meidet sie den Kontakt mit ihm und hofft, dass er inzwischen nicht mehr daran denkt. Morgen früh wird sie ihm die Tablette geben. Solange hält der Wirkstoff von der letzten Einnahme an, um einen Anfall zu vermeiden.

18

Auch Benni denkt daran, dass es allmählich Zeit für Abendessen und Tablette wird, als er die Schillerstraße entlang schnüffelnd Marie Maries Spur folgt. Kurz denkt er an seinen Kater. Die Terrassentür im Wohnheim hat Benni für Herr Hasenwanz wie gewohnt nur angelehnt, damit der im Schrank das Trockenfutter findet. Der Kater ist abgemagert, seitdem er ohne Schwanz kaum noch nach Mäusen und kranken Vögeln springen kann. Keiner der Betreuer hat dafür Verständnis, doch Benni setzt sich über ihr Verbot hinweg. Das mit seinem Medikament muss er auch noch lösen. Eigentlich sollte er immer Tabletten als Reserve bei sich haben. Doch die Betreuer meinen, er kann nicht damit umgehen und geben ihm jeweils nur die aktuelle. Schön blöd. Wenn er dann unterwegs ist so wie heute, hat er keine. Vielleicht trifft er ja auch mal eine Frau, die er besuchen will. Doch das muss eine sein, die nicht laut stöhnt und wie verrückt jammert, wenn er mit ihr knutscht. Dani ist so eine und er hat Angst gehabt, dass sie einen Anfall bekommt. Danach hat sie ihn ausgelacht, deshalb ist für Benni jetzt Schluss mit Dani.

Er bleibt stehen. Weil er Marie Maries Spur verloren hat, geht er einige Schritte zurück, zieht ihr Tuch aus der Hosentasche und schnuppert daran. Dann dreht er sich langsam um sich selbst und steht vor einem Laden, der Obst und

Gemüse verkauft. Durch die offene Tür strömen würzige Gerüche auf die Straße. Benni erkennt Chili, Curry, Pfeffer, Nelken, Orangenschalen und noch andere dazu. Er mag die Düfte, doch er findet Marie Maries Spur nicht mehr. Der Ladeninhaber kommt zu ihm heraus und mustert ihn unter buschigen Brauen: »Was willst du?«

Er schluckt. »Ich such einen Rollstuhl. Alt und er stinkt. Weißt du was?«

Das Gesicht des Mannes glättet sich und er zeigt hinter seinen Rücken. »Dort hat einer einen reingeschoben. Bei dem Gerümpel, das wegkommt. Geh bis ganz ans Ende!«

Bennis Blick folgt der dunkel behaarten Hand. Er sieht einen überdachten, schmalen Gang zwischen den Läden, der zu einem Hinterhaus führt. Nur wenig Licht fällt hier herein. Am Boden liegen leere Obstkisten und Packen von alten Zeitungen. Obwohl er vorsichtig geht, tritt er in etwas Weiches, das unter seiner Sohle zu Matsch wird. Statt seinen Schuh zu säubern, schnüffelt er mit raschen Atemzügen weiter nach Marie Marie. Da sieht er neben einem Container etwas, das die Rückenlehne eines Rollstuhls sein könnte. Sein Herz klopft wie der Buntspecht, den er einmal im Wald beobachtet hat. Jetzt erkennt er das alte Gefährt, doch er weiß nicht, ob Marie Marie darin sitzt. Was erwartet ihn, wenn er näher hingeht? Er zögert. Noch kann er einfach zum Bahnhof gehen und nach Hause ins Wohnheim fahren. Niemand wird ihm einen Vorwurf machen außer er sich selbst. Da fällt ihm Marie Maries schmale Hand ein, die vielleicht gleich winkt. Er geht die letzten Schritte auf den Rollstuhl zu.

19

Um Marie Marie zu helfen, muss Benni etwas Geeignetes einfallen. Er wünscht es sich mit all seiner Kraft, ballt die Hände und atmet tief ein und wieder aus. Dann geht er auf den Rollstuhl zu und fasst nach den Griffen. Benni zieht daran, doch die Räder bewegen sich nicht. Etwas blockiert sie und er drängt sich an der Armlehne vorbei, um den Grund dafür zu finden. Er sieht die verstrubbelten Haare über die Knie herabhängen. »Marie, Marie?«

Der schmale Rücken bewegt sich und Benni drückt gegen eine an die Wand gelehnte Matratze, um mehr Platz zu haben. »Hab keine Angst.«

Marie Marie hält die Augen geschlossen und gibt keinen Ton von sich. Wegen der fauligen Gerüche, die sie umgeben, nimmt Benni nur kurze Atemzüge. Er macht die Räder frei von alten Kartons und schiebt den Rollstuhl zur Straße hinaus.

Der Ladeninhaber kommt dazu. »Was machst du? Kennst du die Frau?«

Er nickt stumm, schiebt den Rollstuhl um die nächste Hausecke und hält an, um zu überlegen. Wohin soll er mit Marie Marie? Zurück zum Platz in der Passage? Dort hat sie jemand nicht mehr haben wollen in ihrem verdreckten Rollstuhl. Vielleicht fährt er sie dann woanders hin, wo Benni sie endgültig nicht mehr findet. Nein. Er muss ihr helfen, sauber zu werden. Da fällt ihm etwas ein und er schiebt den Rollstuhl zurück zu dem Laden, dessen Inhaber in seine Richtung schaut. »Entschuldigung. Hast du gesehen, wer sie dahin geschoben hat?«

Der Mann hebt die Schultern und verzieht den Mund. »Ein großer Mann mit Bart. Ich hab gedacht, Rollstuhl ist kaputt und hab die Frau nicht gesehen.«

»Danke«, doch Benni ist kein bisschen schlauer als zuvor. Wohin soll er Marie Marie bringen? Ins Wohnheim über den Garten und die Terrassentür? Er denkt an Olgas Gesicht und das vom Schaffner und an die Leute, die sich im Zug über den Gestank beschweren. Nein. Das geht nicht. Er schüttelt den Kopf und stellt sich vor, auf der Straße zu sitzen und zu warten, dass jemand ihnen hilft. Vielleicht kommt die Polizei und nimmt sie mit. Benni könnte Marie Marie selbst in die Ettstraße bringen und den Rollstuhl vor dem Tor mit den zwei Löwen stehen lassen. Er erinnert sich an ihr Fauchen, das er meinte zu hören, als er damals zu ihnen aufschaute. Aber was macht die Polizei mit Marie Marie? Nein, er wird sich selbst um sie kümmern.

Und plötzlich weiß er, was er tun wird. Er wendet den Rollstuhl und fährt los. Als er an dem Haus mit dem Hinweis auf die Praxis ankommt, drückt er gegen die Haustür. Welch ein Glück. Noch ist der Haken oben und Benni schiebt den Rollstuhl zum Lift. Die Tür öffnet sich und er drückt den Knopf für den 3. Stock. Als er dort angekommen ist, zögert er. Vielleicht hat Frau Düren den Haken bereits heruntergedrückt und ist zu ihrer Reise aufgebrochen. Dann muss er sich wieder etwas anderes überlegen und

Marie Marie doch zur Polizei fahren. Vielleicht darf sie ins Krankenhaus, wo sie etwas zu essen und ein Bett bekommt.

Doch als er gegen die Wohnungstür drückt, gibt sie nach. Er lauscht in die Diele hinein und hört durch die geschlossene Tür die polternde Stimme des Mannes, den er manchmal bei Frau Düren getroffen hat. Der spricht längst nicht so gut wie Benni und darf sicher noch oft hierher kommen. Der Rollstuhl gibt ein Quietschen von sich, als Benni ihn über die Schwelle schiebt. Er horcht, doch die Stimme hinter der Tür dröhnt weiter und Benni wendet sich weg von ihr. Hinter der ersten Tür, die er öffnet, liegt die Küche. Kurz überlegt er. Wohin wird Frau Düren gehen, bevor sie nach der Reisetasche greift und zum Bahnhof läuft? Das Gästeklo, das Benni kennt, liegt direkt neben dem Ausgang. Das wird sie benutzen, falls sie noch einmal muss. Lautlos schließt er die Küchentür, schiebt den Rollstuhl zur gegenüberliegenden Tür und atmet auf. Ein großes Badezimmer mit Wanne, Dusche und hellen Schränken ist das, worauf er gehofft hat. Durch das Fenster kommt genügend Licht, um ohne Lampen auszukommen. Er schiebt den Rollstuhl hinter die Tür und setzt sich neben ihn auf die Fliesen. Falls Frau Düren hereinschaut, bleiben sie dort verborgen.

Plötzlich sind Stimmen und Schritte zu hören und Benni erstarrt. Er sucht Marie Maries Blick und legt den Finger auf die Lippen. Sie hat bisher kein einziges »Nein, nein« von sich gegeben. Als Marie Marie kurz den Kopf hebt, meint er sogar, ein Nicken zu erkennen. Die Schritte halten vor der angelehnten Tür zum Badezimmer an, dann wird sie von außen zugezogen. Es dauert einige Minuten, bis Benni hört, dass auch die Tür zum Therapiezimmer geschlossen wird. Er atmet auf. Noch hört er Frau Düren in der Diele herumgehen und reden. Vielleicht ins Telefon. Da fällt ihm etwas ein. Aus seiner Jackentasche zieht er das alte Tuch und legt es Marie Marie an die Wange. Ihre Finger greifen danach und er sieht ein Lächeln über ihr Gesicht huschen, bevor sie die Augen schließt.

20

Benni hält den Atem an und hört die Spülung rauschen. Wieder Stille. Ihm bricht der Schweiß aus. Er denkt daran, was Frau Düren sagen wird, wenn sie ihn entdeckt. Sie ist nett. Vielleicht hilft sie ihnen sogar? Doch sie will aufbrechen, hat keine Zeit und schickt sie sicher weg. Er sieht, dass Marie Marie weiter die Augen geschlossen hält.

Draußen ist endlich das Geräusch zu vernehmen, auf das er gewartet hat. Es ist das Schnappen der Tür. Dem folgt ein helles Klicken, das er nicht kennt. Dann rauscht hinter der Wand der Lift, den Frau Düren wohl gerufen hat. Als der Lift nach unten fährt, atmet Benni auf. Nun sind sie für die nächsten Stunden sicher in der schönen, großen Wohnung. Doch wie geht es weiter? Er betrachtet die Dusche, in die man ohne Stufe hineingehen kann. Aber Marie Marie trägt Kleidung und hat dicke Socken an den Füßen.

Er fragt leise: »Willst du duschen mit warmem Wasser?«

Sie öffnet die Augen und sagt »Nein, nein«. Vielleicht heißt es manchmal auch »Ja, ja«, stellt er sich vor.

Also fährt er sie ans Fenster, wo sich der Himmel gerade in ein saftiges Orange mit einem Stich ins Violett färbt. Marie Marie soll ihn bewundern können, wenn sie die Augen hebt. »Schau, wie schön das ist. Wir sind jetzt allein hier. Du musst keine Angst haben. Ich pass auf dich auf. Ich fahr dich zur Dusche und zieh dir die Socken aus, okay?

Die darf ich nehmen?« Er tut es und schaut zu Marie Marie hinauf, die ihm stumm dabei zusieht. Ihre Filzsocken riechen genau wie das Trockenfutter von Herrn Hasenwanz. Benni geht um das Gefährt herum und zieht von hinten an ihren Schultern, um sie zum Aufrichten zu bringen. Als sie sich anlehnt, atmet er erleichtert auf und schiebt den Rollstuhl auf die dezent gemusterten Fliesen in der Duschkabine. Dort nimmt er den Duschschlauch aus der Halterung und probiert an der Regelung herum, bis das Wasser eine kuschelig warme Temperatur hat. »Gib mir deine Hand«, sagt er und lässt das Wasser darüber laufen.

Marie Marie atmet stoßweise.

»Ist das gut so?« Er lässt das Wasser über ihren Arm laufen und beobachtet dabei ihr Gesicht. »Das gefällt dir, okay?«

Ihre Mundwinkel zucken und die Augen sind weit geöffnet, als bestaune sie einen prächtig geschmückten Christbaum.

»Pass auf. Ich dusch jetzt deine Haare, okay? Und mach Shampoo drauf.« Er greift nach der Flasche, auf der eine Frau mit langen Haaren abgebildet ist. Die helle Flüssigkeit streicht er auf Marie Maries Kopfhaut und massiert sie ein bisschen, wie er es beim Friseur gesehen hat. Als er ihr Kinn anheben will, gelingt es nicht. Sie ist erstarrt wie eine Schneemannfrau aus Eis. Benni lässt das warme Wasser über ihren Hinterkopf laufen. »Jetzt wird dein Pullover nass, aber das macht nichts, oder?« Er duscht den Pullover und die Lehne des Stuhls. Dann richtet er den Strahl solange auf ihre Hose und die Sitzfläche, bis er meint, dass sie sauber geworden sind. Längst hat er selbst nasse Strümpfe und Jeans, doch das Bad ist warm. »Pass auf, jetzt muss ich noch einmal deine Haare abduschen, okay?«

Diesmal neigt sie den Kopf bereitwillig nach hinten und schließt die Augen. Inzwischen dringt die Dämmerung herein und lässt die Konturen verschwimmen.

»Warte, ich hol ein Handtuch«, sagt er und stellt die Dusche ab. Er tappt auf den weißen Schrank zu, öffnet ihn und zieht an dem flauschigem Frottee, das er zu fassen bekommt. Damit kehrt er zu Marie Marie zurück. Über ihren Kopf gelegt macht er damit kreisende Bewegungen. Anschließend hängt er ihr das große Handtuch über die Schultern und schiebt sie aus der Dusche. »Weißt du was? Ich gehe zum Schrank von Frau Dürren und hole was Trockenes für dich, okay? Sie ist so dürr wie du. Das passt.«

Er zieht die nassen Socken aus und schlüpft in die Badeschlappen, über die er an der Tür gestolpert ist. In der Diele tastet er nach dem Schalter einer Stehlampe und lässt sie aufleuchten. Vorsichtig öffnet er eine weitere Zimmertür und sieht in dem einfallenden Licht ein breites Bett stehen. Daneben ahnt er den Kleiderschrank. Was für ein Glück, dass die Lampe im Schrank angeht, als Benni die Tür öffnet. Er weiß nicht, wonach er greifen soll, und entdeckt in einem Fach eine Trainingshose. Auf dem Kleiderbügel hängt eine rote Steppjacke, die ihm gefällt. Das muss genügen. Auf der Ablage liegt eine Taschenlampe. Er greift danach und geht zurück ins Badezimmer.

»Ich hab was mitgebracht für dich. Schau!« Er strahlt

die Kleidungsstücke mit der Lampe an, doch Marie Marie sagt »Nein, nein«, schüttelt den Kopf und bewegt die Hand.

Benni schiebt sie bis zur Tür, setzt sich auf den Fußabstreifer und lässt den Kopf hängen. »Ich weiß nicht, was wir machen sollen. Du sagst immer ›Nein, nein‹. Aber das geht nicht. Du musst mir helfen.«

Marie Marie schaut ihn an und ihre Augen leuchten im warmen Licht der Stehlampe. Plötzlich fasst sich Benni an den Kopf. »Du brauchst vielleicht eine Windel oder so was, wo die Frau im Fernsehen Blumenwasser drauf schüttet, okay?«

Marie Marie blinzelt ein bisschen mit den Augen und er springt auf. Mit der Taschenlampe leuchtet er die Fächer im Bad ab, bis er eine Packung Slipeinlagen findet. »Super. Pass auf. Kannst du dich am Rollstuhl festhalten und stehen? Ich halt das Handtuch und zieh an der schmutzigen Hose. Ich schau nicht und mach Augen zu. Nur festhalten, damit du nicht umfällst. Gut?«

Mehr als zweimal schwankt Marie Marie so sehr, dass er sie schnell um die Taille fassen muss. Wie dünn sie ist! Doch dann gelingt es, dass sie die nassen Kleidungsstücke los ist. Er hebt einen Fuß nach dem anderen in die trockene Hose und zieht sie über die Hüfte von Marie Marie. Weil sie sich an Benni klammert, behält sie das Handtuch um, als er sie auf die Arme nimmt und zu einem der Sessel trägt. Dort schaffen sie es gemeinsam, die Jacke anzuziehen.

Als er das Handtuch wegzieht und Marie Marie erleichtert anlacht, lächelt sie zurück. Von ihrem Sitz aus schaut sie ihm durch die offene Badezimmertür dabei zu, wie er den Rollstuhl abduscht und die Nässe aus ihre Kleidung drückt. Er hängt die Sachen über die Heizung und dreht den Temperaturregler auf die höchste Einstellung. »Die Jeans muss auch trocknen. Entschuldigung, dass ich jetzt in Shorts sitze.«

Ihr Blick weicht ihm nicht mehr aus und er atmet auf. »Soll ich dir was erzählen, bis alles trocken ist und du kein ›Nein, nein‹ mehr sagst?«

Marie Marie lächelt stumm.

»Okay. Aber zuerst müssen wir was essen.« Er lässt die Tür zur Küche offen, holt einen Topf aus dem Schrank, füllt ihn mit Wasser und schaltet die richtige Platte dafür ein. »Jetzt suche ich Nudeln und Sauce. Das magst du bestimmt. Alle mögen Nudeln mit Sauce.« Benni denkt an Anni, die das immer essen mag und alles andere ablehnt. Das Wohnheim. Heute schafft er es sicher nicht mehr, zurückzufahren. Er kann Marie Marie erst in die Passage zurückbringen, wenn der Rollstuhl getrocknet ist. Also muss er mit ihr hier bleiben. Wird Rosi ihn vermissen? Sein Handy ist im Wohnheim geblieben, weil Frau Düren nicht mag, wenn es klingelt und er immer vergisst, es leise zu stellen.

Er findet mit der Taschenlampe im Vorratsschrank eine Nudelpackung und ein Glas Tomatensauce, bringt sie zum Herd und geht zurück zu Marie Marie. »Wir müssen auf das heiße Wasser warten. Willst du inzwischen sehen, was ich im Rucksack habe?«

Weil sie nicht »Nein, nein« sagt, öffnet er den Riemen des Beutels und greift hinein. »Schau. Das ist mein Ausweis mit Foto. Ohne Kappe. Das ist blöd, weil ich sie immer auf hab, nur zum Schlafen nicht. Und hier hab ich meinen FC Bayern-Geldbeutel mit Kette. Ich mach sie an meine Jeans und keiner klaut mir was. Willst du sehen, wie viel Geld ich hab?« Er öffnet den Klettverschluss und nimmt ein Zweieurostück heraus. »Das ist nicht so viel, aber am Wochenende krieg ich Taschengeld für den Kaffee in der Werkstätte.« Nach einem Seufzer kramt er weiter zwischen Brotzeitdose und Trinkflasche.

Marie Maries Kopf lehnt an einem Kissen und sie lächelt ein wenig.

»Schau, das ist ein Foto von Bubi. Mein Bruder hat es mit Plastik gemacht, damit ich es abwischen kann. Kennst du Bubi? Nein, den kennst du nicht. Das war zuhause bei Mama und Leo. Jetzt schwimmt Bubi im See und hat vielleicht eine Fischfrau gefunden.« Er seufzt und bleibt für die nächsten Minuten still.

Da fängt in der Küche das Wasser an zu rauschen und er springt auf. »Ich muss die Nudeln rein schütten.« Das Nudelsieb hat er rasch gefunden und bleibt damit am Topf stehen. Er öffnet den Verschluss des Glases, schüttet die Nudeln ab und rührt die Sauce direkt unter die heiße Pasta. Auf zwei Teller verteilt bringt er sie mit Gabeln in die Diele. Hier steht ein kleiner Couchtisch, den er auf den Sessel mit Marie Marie zuschiebt. »Die Nudeln sind bisschen hart, aber ganz lecker. Du kannst mit den Fingern essen, wenn du magst, okay? Ich leg das Handtuch unter dein Teller.«

Sie lächelt und greift in die Pasta. Beide essen und Benni hat ein schönes Gefühl im Bauch. Er hat es gut gemacht mit

Marie Marie. Der Mann, der sie heute in die dunkle Ecke geschoben hat, findet sie jetzt nicht mehr.

Was morgen ist, weiß Benni noch nicht. Er wird sie vielleicht zurück zu ihrem Platz in der Passage schieben und zum Wohnheim fahren. Doch daran will er jetzt nicht denken. Nachdem er die schmutzigen Teller in die Küche zurückgebracht und abgewaschen hat, öffnet er die Tür zum Therapiezimmer. Es ist dunkel, doch er kann sich gut orientieren und tritt an eines der Fenster. Im Haus gegenüber sind die Wohnungen erleuchtet und er sieht darin Menschen, die sich bewegen. Sein Blick gleitet die Fassaden entlang. An manchen Häusern ist kein Fenster erleuchtet, doch auf der angestrahlten Straße fließt der Verkehr, hält vor den roten Ampeln an und startet neu. Benni vermisst die Geräusche dazu, von denen die geschlossenen Fenster nur ein leises Rauschen durchlassen. Er fühlt sich plötzlich allein und stellt sich vor, Herrn Hasenwanz bei sich zu haben.

Als er zurück in die Diele geht, hat Marie Marie die Augen geschlossen und atmet ruhig. Beruhigt geht er zurück ins Therapiezimmer und klappt den Laptop von Frau Düren auf. Er mag die Fotos auf dem Bildschirmschoner, legt sich auf die Therapieliege und zieht die Decke über sich.

21

Es ist Samstag Vormittag und Louis trägt die benutzten Müslischalen zum Spülbecken.

Den Abwasch mag er nicht machen, nachdem der Strom für das warme Wasser wieder einmal ausgefallen ist. Immer noch besser, als wenn das Wasser ganz abgestellt wird, was auch schon vorkam. Die Hausmeisterwohnung im ehemaligen Fabrikgebäude hat leer gestanden, bis Louis bei seinem Vater erreichte, dass er zusammen mit Leander und Amy sie bis zum Abriss oder einer Sanierung bewohnen darf. »Was habt ihr heute vor?« fragt er in Richtung seiner Mitbewohner.

Leander schaut Amy an. »Was meinst du? Benni hat heute Geburtstag. Wollen wir ihn abholen und mit ihm endlich mal zum Friedhof fahren?«

Sie wirft einen Blick zum Fenster hinaus. »Das Wetter ist zu schön dafür, vor allem am Geburtstag. Was hältst du davon, mit ihm an den See zu fahren?«

Louis reagiert prompt. »Da wäre ich mit dabei. Beim Friedhof nicht.«

»Also?«, fragt er seinen Freund und Leander seufzt. »Von mir aus, auch wenn mir das Thema Grab nicht aus dem Kopf geht. Ich muss Benni fragen, wann er mit mir hinfahren will.«

Doch Leander erreicht seinen Bruder nicht auf dem

Handy, weshalb er im Wohnheim anruft. Von Rosi hört er, dass Benni gestern nicht aus München zurückgekommen ist. »Und wo ist er jetzt?«, will Leander wissen.

»Na wohl bei einer Freundin, gell? Er hat doch ständig irgendwas am Laufen«, antwortet Rosi und gibt einen Ton von sich, den Leander für einen verunglückten Lacher hält. Er ist sich unsicher, wie er auf die Aussage der Betreuerin reagieren soll. Das Wohnheim trägt ja wohl die Verantwortung für Benni, doch Leander spürt das eigene schlechte Gewissen, das er seit dem Umzug seines Bruders erfolgreich verdrängt hat.

Damals vor zwei Jahren ist sein Leben ein anderes geworden und Benni hat keinen unerheblichen Anteil daran gehabt. Wie eine Slideshow huschen die Bilder durch Leanders Gedächtnis. Sie beide auf der Beerdigung von Herrn Schluder, ihrem Wohnungsvermieter, der Benni jahrelang das Leben schwer gemacht hatte. Aus diesem Grund ging er vor den Trauergästen ans Mikrophon, um ehrliche Worte über das Verhalten des Verstorbenen zu finden. Amy, die Benni Anerkennung für diesen Auftritt schenkte. Und wieder Benni, der den Kontakt zu Amy aufrecht hielt und ihm, Leander, damit die Chance auf eine Liebesbeziehung mit ihr verschaffte. Damit hat sich sein Leben zum Positiven verändert. Doch wie geht es seinem Bruder seitdem? Was läuft im Wohnheim, im Betrieb und mit den Frauen? Leander weiß nichts darüber und verabschiedet sich mit der Ankündigung, sich erneut melden zu wollen, von Rosi.

»Dein Bruder ist nicht da? Fahren wir trotzdem an den See?«, fragt Louis.

Leander fällt keine Antwort ein. Er kommt sich vor wie damals, als er sich zuhause mit seinen Sprachvergleichen vergrub in der Hoffnung, dass sie ihm beim Entscheiden halfen. Sein liebstes Wort war egal. Doch das ist Vergangenheit. Heute will er Benni treffen und hören, was ihn beschäftigt. »Nein, ich bleibe hier. Vielleicht erreiche ich ihn noch und komme nach.«

Amy umarmt und küsst ihn, als sie mit Louis aufbricht. »Bis später.«

22

Benni erwacht von Marie Maries Stimme und meint zu träumen. Aus dieser Perspektive kennt er den Therapieraum von Frau Düren nicht, doch dann fällt ihm alles wieder ein.

»Nein, nein«, tönt die Stimme erneut aus der Diele und er rutscht von der Liege.

»Guten Morgen, Marie Marie«, begrüßt er sie. »Hast du gut geschlafen in dem Sessel?«

Auf ihrem Gesicht liegt der Hauch eines Lächelns und Benni beugt sich zu ihr hin. »Weißt du was? Du siehst schön aus mit der roten Jacke. Soll ich die Frau Dürren fragen, ob du sie behalten darfst, weil sie so viele Sachen in ihrem Schrank hat?« Doch da fällt ihm ein, dass die Therapeutin wahrscheinlich ärgerlich auf ihn ist. Er wird alles wieder aufräumen und ihr erklären, warum er mit Marie Marie hier gewesen ist.

Im Badezimmer dampft die noch feuchte Wäsche auf dem Heizkörper und Benni kippt das Fenster wegen des muffigen Geruchs und lässt die Badezimmertür offen. Er steigt in die Jeans und zieht die Socken an. Marie Maries Wäsche stopft er in eine der Plastiktüten aus der Küche. Die Wohnung sieht fast so aus wie tags zuvor bei ihrer Ankunft, doch er überlegt, Frau Düren zu schreiben, dass er es war, der hier übernachtet hat und kein fremder Einbrecher. Aus dem Therapiezimmer holt er einen Notizzettel, schreibt seinen Namen darauf und legt ihn auf den Couchtisch in der Diele.

Wie soll Benni ahnen, dass der Durchzug zwischen gekipptem Fenster und Treppenhaus das Papier bis hinter den Sessel schweben lässt, wo es lange unentdeckt liegen bleibt?

Der Rollstuhl ist halbwegs trocken. Benni zieht ein frisches Handtuch aus dem Schrank, legt es auf die Sitzfläche und schiebt das Gefährt auf Marie Marie zu. »Komm, halt dich an meinen Schultern fest. Ich helf dir in den Rollstuhl.«

Es gelingt und er reicht ihr die Tüte mit der Wäsche, auf die sich Marie Marie mit dem Oberkörper wie auf ein Polster legt.

Aufatmend hebt Benni seinen Rucksack hoch und bewegt sich mit Marie Marie auf die Wohnungstür zu. Als er die Klinke drückt, erschrickt er. Sie gibt nicht nach. Eingesperrt!

»Nein, nein«, hört er Marie Marie sagen und diesmal spürt er Wut im Bauch rumoren. Da hilft auch kein ›Nein, nein‹. Sie stecken fest und kommen nicht raus, bis Frau Düren die Tür wieder aufsperrt. Wird sie die Polizei anrufen und sie nicht gehen lassen? Niemals, aber er will ganz sicher nicht auf ihre Rückkehr warten. Gibt es nur den einen Schlüssel, den sie mitgenommen hat? Immer gibt es mehrere für eine Tür, weiß er, doch die Frage ist, wo sind die anderen?

Er beginnt, die Schubladen im Dielenschrank aufzuziehen, doch da sind nur Mützen, Handschuhe, Schals und Tücher, außerdem Geschenkpapier und Einkaufsbeutel, aber keine Schlüssel.

Er geht zurück ins Therapiezimmer und schaut sich um. Immer, wenn er hier vor dem großen Spiegel sitzt und auf seinen Mund schaut und sich dabei bemüht, die Wörter wie Frau Düren auszusprechen, fällt sein Blick auf den schmalen Sekretär in seinem Rücken. Der Schrank besitzt eine Reihe von Schubladen mit runden Holzknöpfen und Benni hat sich manchmal gefragt, welche kleinen Dinge Frau Düren darin unterbringt.

Jetzt ist die Zeit gekommen, das Geheimnis zu lüften. Er zieht am obersten Knopf. Die Schublade gibt einen hellen Ton von sich und er atmet auf. Mehrere Schlüssel mit beschrifteten Schildchen liegen darin. Benni greift hinein, nimmt sie alle mit zur Wohnungstür und probiert sie aus, bis er den richtigen gefunden hat.

Die Tür öffnet sich und der Rollstuhl überfährt mit einem leisen Plopp die Schwelle. Von außen verschließt er die Tür und ruft den Lift herauf. Sie sind allein in dem sanft gleitenden Fahrstuhl, der nach frischer Bügelwäsche riecht und hell beleuchtet ist. Benni erschrickt über das Bild in der Spiegelwand, das sie beide zeigt.

Doch bis sie im Erdgeschoss ankommen, ist er damit versöhnt. Seine rote Kappe passt gut zu Marie Maries Jacke und ihre Haare sehen zwar besonders verfilzt aus, weil er nicht daran dachte, nach einer Bürste zu suchen, doch ihre dunklen Augen strahlen.

Draußen weht es überraschend stürmisch um die Hausecke. Ist das schon der Herbst, der sich ankündigt? Die Sonne, die am Morgen strahlend aufging, geht gerade hinter einer Wolkenfront in Deckung. Marie Marie duckt sich im Sitz hinter den Wäschebeutel und Benni muss seine Kappe festhalten. Blütenblätter wirbeln waagerecht vor ihnen her, als habe jemand die Schwerkraft für sie aufgehoben. Aufatmend erreichen sie am Ende der Straße den Lift, mit dem sie zur Passage hinunterfahren und dem Duft folgen, der sie zur nahen Backstube führt.

»Ein Kaffee bitte für 2 Euro?« fragt er die Frau am Tresen und reicht ihr die Münze.

Sie wirft ihm und Marie Marie einen langen Blick zu und nickt.

»Hast du alte Semmel für ohne Geld?«

Sie hält kurz inne, greift nach einer Tüte und schiebt zwei helle Brötchen hinein.

Mit einem »Danke schön« nimmt Benni sie ihr aus der Hand, schiebt Marie Maries Rollstuhl zur Seite und hockt sich davor.

»Magst du Kaffee trinken?« Er schaut sie an und schüttelt den Kopf. »Nicht ›Nein, nein‹ sagen, okay? Du sagst ›Ja, ja‹?«

Marie Marie lächelt und trinkt einen kleinen Schluck. Als Benni ihr eine der Semmeln reicht, greift sie zu und knabbert daran.

Vorbei an den Geschäften geht es bis zum Schokoladenladen, dem gegenüber Benni den Rollstuhl in Blickrichtung zu den Passanten parkt. Er beugt sich zu Marie Marie.

»Jetzt muss ich nach Hause. Ich wünsch dir einen guten Tag. Pass auf, dass kein böser Mensch dich wieder wegschiebt. Dann musst du laut ›Nein, nein‹ schreien, damit einer dir hilft. Okay?«

Sie lächelt und bewegt stumm ihre Finger zum Abschied.

23

Den Fußweg zum Wohnheim entlang fallen Benni die Bäume auf, deren gefärbte Blätter ihn an den Herbst mit seinen Gerüchen denken lassen. Er will Olga oder Florian bitten, mit der Gruppe wieder einmal in den Wald zu gehen, wo es so würzig nach feuchter Erde und Pilzen riecht und Benni das Moos streicheln mag.

Vor dem Zaun eines der Wohnhäuser steht eine Holzkiste mit grünen Kornäpfeln, von denen er sich einen aussucht. Der Saft spritzt beim Hineinbeißen und bleibt an Bennis Kinn kleben. Der kleine Apfel schmeckt säuerlich, riecht nach Lavendelblüten und hat ein schneeweißes Fruchtfleisch.

Am Wohnheim angekommen steigt Benni über den Gartenzaun, spurtet hinüber zum Haus und drückt gegen die Terrassentür seines Zimmers. Sie gibt nicht nach. Auf der anderen Seite der Scheibe schaut ihn Herr Hasenwanz aus weit geöffneten, dunkelgrünen Augen an. Benni erschrickt beim Anblick des Katers. Er ist so dünn geworden. Endgültig nimmt Benni sich vor, vom Taschengeld eine Dose des teuren Katzenfutters zu kaufen. Das hilft bestimmt und kostet weniger als ein Besuch beim Tierarzt. Benni umrundet das Haus bis zum Eingang, läutet und steht Olga gegenüber.

»Wo warst du ohne Erlaubnis über Nacht?«

»Bitte Entschuldigung. Ich hab geholfen. Eine Frau in München.«

Olga holt Atem, stößt ihn wieder aus und weiß einen Moment lang keine Antwort. »Geh in dein Zimmer. Wir reden später darüber.«

So schnell ihn die Beine tragen, rennt er den Gang entlang, reißt seine Zimmertür und gleich darauf die Tür zur Terrasse auf. »Herr Hasenwanz. Jetzt kannst du raus.«

Wie ein Blitz verschwindet der Kater im Gebüsch und Benni lässt sich auf sein Bett fallen. Er schließt die Augen und denkt an das Erlebte, bis Olga klopft und hereinkommt.

»Du hast gestern keine Tablette genommen und heute morgen auch noch nicht. Willst du einen Anfall riskieren?«

»Nein, Olga, nein. Ich nehme sie gleich. Alle beide soll ich nehmen?«

»Nein. Nur die für heute Morgen.« Sie reicht ihm die Tablette und ein Glas Wasser. »Ich will außerdem noch eine ausführliche Erklärung für dein Ausbleiben, Benni. Sonst muss ich es der Heimleitung melden.«

Er zieht die Schultern bis zu den Ohren und lässt sie wieder fallen. »Bitte, Olga. Ich kann nicht alles erzählen. Eine Frau braucht Hilfe und ich helf ihr. Mit Waschen und sie ist jetzt wieder sauber, weißt du?«

Sie spreizt ihre Finger, schüttelt den Kopf und presst die Lippen zu einem Strich aufeinander, als wolle sie eine Bombe am Explodieren hindern. »Nein, nein und noch mal nein. Ich versteh überhaupt nichts. Wie bitte kommst du dazu, einer Frau in München beim Waschen zu helfen?«

Er schnauft laut. »Bitte, Olga, lass mich. Ich bin da und alles ist gut.«

»Gar nichts ist gut. Ich hab die Verantwortung für dich und ich muss jederzeit wissen, wo du dich aufhältst.«

Benni springt auf, stemmt die Hände in die Hüften und streckt Olga das Kinn entgegen. »Ich bin kein Kind. Ich bin erwachsen. Ich hab Marie Marie geholfen.«

»Marie Marie? Wer ist das? Schon wieder eine neue Freundin?«

Er schüttelt den Kopf. »Nein. Ja. Egal. Jetzt bin ich da und Schluss aus.«

Sie schnauft hörbar. »Das werden andere entscheiden, wann Schluss und aus ist, verstanden? Das wird für dich Konsequenzen haben.« Olga wendet sich ab und sagt beim Hinausgehen: »Schau auf dein Handy. Da ist sicher eine Nachricht von deinem Bruder drauf. Der hat gestern angerufen.«

Benni greift nach dem Handy. So aufgeregt wie er ist, drückt er zweimal daneben, doch dann hat er Leander am Ohr.

»Benni?«

»Leo, ich mag nicht mehr. Ich darf gar nix. Alle sind blöd. Ich will zu dir.«

»Langsam, langsam, Benni. Amy und ich wohnen bei Louis, meinem Freund, in einer alten Fabrik, die sein Vater gekauft hat. Du kannst natürlich zu Besuch kommen. Diese Woche noch nicht, da haben wir Vorlesungen. Aber dann geht es. Ich rede mit Louis darüber, einverstanden?«

»Mein Bruder. Ich freu mich und komm zu dir. Darf ich Herrn Hasenwanz mitbringen?«

»Wer bitte ist das?«

»Mein Kater. Er ist brav und sauber. Amy mag Katzen, ich weiß das. Und Seepferdchen.«

Leander lacht ein bisschen. »Wow, du erinnerst dich daran. Okay. Ich ruf nächste Woche an und sag dir, wann du kommen kannst.«

»Ich bin glücklich, Leo. Danke für dein Anrufen.«

24

Am darauffolgenden Montag ist Benni der erste im Bus für die Fahrt vom Betrieb zum Wohnheim. Er hat sich den ganzen Tag über an die Regeln der Betreuer gehalten und keinen Ärger verursacht. Marcus hat ihm immer wieder einen strengen Blick zugeworfen, was echt nicht nötig war. Benni wünscht sich nichts mehr, als dass Marcus merkt, wie er sich anstrengt. Doch jetzt auf der Heimfahrt möchte Benni unbedingt neben der Frau sitzen, die ihm heute in der Pause ein Lächeln zugeworfen hat. Aber ausgerechnet in dem Moment, in dem er nach der Frau Ausschau hält, steigt Andreas ein und setzt sich neben Benni.

»Nein Andreas, das geht nicht. Hier sitzt meine Freundin.«

Andreas mit Barbie in der Hand beharrt auf seinem Platz. »Du hast keine Freundin.«

»Hab ich schon. Die mit der roten Tasche. Die hat lieb geschaut und will vielleicht meine Freundin sein. Du darfst nichts bestimmen. Geh weg, sonst nehm ich die Barbie weg.«

Andreas drückt sich die Plastikpuppe an die Brust. Er weiß, dass Benni stärker ist und steht auf, um sich umzusetzen. Inzwischen ist der Bus gut gefüllt und Benni dreht sich suchend um. Er sieht die Frau mit der roten Tasche weiter hinten sitzen und mit jemand anderem reden. Er seufzt. Morgen wird er besser aufpassen. Beim Aussteigen wirft er ihr einen traurigen Blick zu und – da schaut sie ihn an und winkt.

Als er im Wohnheim ankommt und den Gang entlang ins Wohnzimmer geht, sitzt Olga dort am Tisch in sich zusammengesunken wie ein Salzburger Nockerl nach dem Anstich. Benni stellt sich vor sie hin und streichelt ihren Unterarm. »Bist du traurig?«

Sie wischt über ihre Augen. »Ja. Das bin ich. Richtig arg.«

»Warum?«

»Wegen dir, Benni. Weil du nie machst, was ich sage. Obwohl wir oft darüber gesprochen ... Egal. Ich kann nicht mehr. Du machst, was du magst. Obwohl du genau weißt ..., wie soll ich da ...«

Er schüttelt den Kopf. »Aber ich mach nix. Ich pass doch immer auf und gar nix ist passiert. Warum weinst du?«

»Weil wir Vereinbarungen haben, an die du dich nicht hältst. Wir sind doch wie eine Familie, in der man sich aufeinander verlassen kann. Verstehst du nicht, dass ich dir dein Leben leichter machen will? Du könntest noch manche Fähigkeit entwickeln und dich besser an die üblichen Anforderungen anpassen.«

Sie schaut ihn an und Benni schluckt laut. Sein Kopf und seine Schultern hängen, als sei er mit Luft gefüllt gewesen und jemand hat den Stöpsel gezogen. »Aber du sagst immer Sachen, die ich gar nicht machen kann. Ich will schon wegen dir, aber das geht nicht. Das ist zu schwer.«

»Dann sagst du ›Ja‹ und meinst es gar nicht wirklich?«
Ihre Stimme ist laut geworden.

Er weicht rückwärts auf die Tür zu. »Ich weiß das nicht«,
sagt er und geht still den Gang entlang zu seinem Zimmer.
Dort lässt er Herrn Hasenwanz durch die Terrassentür herein und holt ihn zu sich aufs Bett. »Alle sind traurig. Olga
und ich und du, wenn du nicht rein darfst. Das Leben ist
echt zu schwer. Aber ich geh zum Aldi und kauf gutes Fut-
ter, okay?«

»Kaffee gibt's« ruft Andreas draußen auf dem Gang
und Benni schlurft hinter ihm her ins Wohnzimmer. Olga
kommt dazu und sieht ihn wieder ganz lieb an. »Benni, lass
uns wieder gut sein. Wir haben deinen Geburtstag noch
gar nicht gefeiert. Dafür gibt' s heute Kuchen und wir singen für dich. Übrigens hat dein Bruder um Urlaub für dich
gebeten. Ich schick die Meldung an den Betrieb. Nächste
Woche? Passt das?«

Er klatscht in die Hände. »Ja, ja, ja. Und Herr Hasenwanz darf mit.«

Zwischen Olgas Brauen vertiefen sich die steilen Falten.
»Aha? Ist das der Kater, der dir angeblich entlaufen ist?«

Benni steckt die Nase in die Tasse und bleibt Olga eine
Antwort schuldig. Stattdessen singen die anderen das
Geburtstagslied, das Benni am liebsten mag.

»Wie schön, dass du geboren bist, wir hätten dich sonst
sehr vermisst. Wie schön, dass wir beisammen sind. Wir
gratulieren dir, Geburtstagskind!«

Und dann kommt jeder aus der Gruppe gelaufen, um
ihm zu gratulieren.

Der erste ist Andreas. Er berührt mit der Puppe Bennis Gesicht. »Barbie gibt Bussi und wünscht ...« Erschrocken über seinen Mut rennt Andreas zum Stuhl zurück.

Anni steht bereits hinter ihm und kann gerade noch ausweichen. Sie legt Benni stumm einen Schokoladenriegel aus ihren Schrankvorräten hin.

Er lacht sie an. »Aber deine Tomaten mag ich auch.«

Thomas winkt ihm von seinem Platz aus zu. »Alles Gute. Und krieg kein Corona!«

»Alles klar«, ruft Benni. Dass Thomas nicht extra für Benni aufsteht, versteht er. Sie arbeiten zusammen in der Fertigung und Thomas bewegt sich grundsätzlich nicht gern.

Jetzt kommt Florian auf Benni zu. Er ist sein liebster Betreuer, aber er ist noch in der Ausbildung, wie er ihm erklärt hat und darf vorerst nur selten Entscheidungen treffen. Für Benni hat er einen farbigen Übersichtsplan des Münchner U- und S-Bahn Netzes, den er ihm überreicht und dazu ein eingepacktes Geschenk. Als Benni es auspackt, stößt er einen Jubelschrei aus. Es ist ein rotes T-Shirt mit einem Fotodruck von Herrn Hasenwanz. Er hat es sich gewünscht, doch Florian machte ein Geheimnis daraus, ob es rechtzeitig geliefert werden konnte. Jetzt zieht es Benni über den Kopf und alle klatschen.

Der starke Micha kommt auf ihn zu und schüttelt ihm die Hand, bis der sich lachend davon losmacht. »Ey, du bist so stark. Du reißt meine Finger ab.«

Johannes bleibt auf dem Stuhl neben der Tür sitzen und zupft an seinen Haaren. Es ist ihm wieder einmal alles viel zu laut und er will in sein Zimmer zurück.

Auch Niko steht nicht auf, sondern winkt Benni zu. »Viel Glück und viel Segen auf all deinen Wegen«, singt er für ihn und Benni ist froh, dass er nicht um den Tisch herum zu ihm kommt. Um Niko ins Gesicht sehen zu können, müsste Benni auf den Tisch steigen und das erlaubt Olga trotz seines Geburtstags sicher nicht.

Als vorletzter kommt Gerd auf ihn zu, um ihm zu gratulieren. Er schenkt Benni eine Schachtel Zigaretten, was Olga die Augenbrauen bis zum Haaransatz heben lässt.

»Die kannst du ja verschenken, wenn du nicht rauchen magst«, sagt Gerd.

Die letzte ist Sabine mit den hellbraunen Schlitzaugen, die Benni an ihren dicken Bauch drückt und ihm Küsschen auf die Wangen gibt.

Olga macht den Abschluss und umarmt ihn. »Ich bin froh, dass wir dich bei uns haben. Herzlichen Glückwunsch und das hier ist für dich.« Sie reicht ihm eine FC Bayern Tüte, in die Benni einen Blick wirft. »Super. Einen Fußball vom FC Bayern. Danke schön«, sagt er, damit Olga sich freut. Hat sie echt vergessen, dass er schon längst kein Fußball mehr spielt? Seine Beine sind zu kurz für ein schnelles Rennen und manchmal kommt er durcheinander, in welches der beiden Tore er schießen muss. Steht er als Torwart im Tor, fürchtet er sich vor den scharfen Bällen, denen er lieber ausweicht. Dann verliert die Mannschaft und die Spieler schimpfen mit ihm. Aber Benni fällt etwas Gutes ein. Er wird den Fußball Andreas schenken. Dann kommt der vielleicht nicht mehr so oft in Bennis Zimmer, um seine Sachen anzufassen.

25

An diesem Nachmittag geht es los in eine Woche Urlaub mit Herrn Hasenwanz, mit Leo und Amy und dem Mann mit den langen Beinen, an den Benni gerade denken muss. Er mag eigentlich keine großen Menschen, die auf ihn herabschauen und ihn manchmal behandeln wie ein Kind. Benni hat den Namen vergessen von Leos Freund, doch das ist immer so. Fremde Namen sind schwer zu merken. Aber er weiß Amys Namen, weil er sie sogar schon länger kennt als Leo. Ohne Benni wäre Amy nicht Leos Freundin geworden und er denkt gern daran zurück und freut sich darauf, die junge Frau mit den Rastahaaren wieder zu treffen. Sie ist ihm damals aufgefallen und er hat sich von Anfang an gewünscht, dass sie und sein Bruder ein Paar werden.

Benni hat noch genügend Zeit für einen Kaffee im Ort. Deshalb sagt er Florian Bescheid, der gerade Dienst hat, lässt sich Taschengeld für die Woche geben und geht die Straße entlang zum Marktplatz. Er mag die bunt bemalten Häuser von Weilheim, die mit ihren spitzen Dächern aus einem Märchenbuch stammen könnten. Mindestens drei Kirchen hat er gezählt und er liebt den Weihrauch, der sonntags und feiertags durch den Ort zieht. Die Leute sagen zur Mitte des Orts »Altstadt« und gehen hier mitten auf der Straße, die für Autos gesperrt ist. Die Cafés haben

Tische und Stühle draußen stehen, und Benni entscheidet sich immer erst, nachdem er die Gäste und die Kellner eine Weile beobachtet hat. Heute ist es das Café, bei dem gerade ein Tisch unter einem gestreiften Sonnenschirm frei wird. Ein Mann in schwarzer Kleidung wischt den Tisch ab und nimmt benutztes Geschirr mit.

Benni strahlt ihn an. »Bitte ein normalen Kaffee mit Keks.«

Der Kellner zieht die Brauen zusammen. »Wir haben nur normalen Kaffee. Und ein Keks liegt immer dabei. Ich bring die Karte.«

O je. Schlechte Wahl. Der Kellner ist nicht nett und Benni riecht eine Mischung aus Deo, Nikotin und Mandel-Haargel, das der Mann verströmt. Soll er ihm sagen, dass er nicht lesen kann, auch wenn er die Karte richtig herum hält? Der Mann ist weg und lässt Benni am Tisch allein. Schade. Soll er ihm trotzdem anbieten, beim Bedienen zu helfen? Am Wochenende, wenn viele Gäste da sind? Er könnte Sachen an die Tische und wieder weg bringen und den Leuten erzählen, welche Kuchen lecker sind. Er braucht kein Geld dafür, hat er sich überlegt, weil er die Gäste ja gern berät und bedient.

Benni schreckt aus seinen Gedanken hoch, als der Kellner die Karte vor ihn hinlegt, ohne ein Wort zu sagen. Am liebsten möchte er aufstehen und zu einem der anderen Cafés hinübergehen. Soll er sich trauen? Er wird bis 21 zählen. Das ist seit seinem letzten Geburtstag seine Lieblingszahl geworden. Wenn der Mann bis dahin nicht zu ihm kommt, wird Benni aufstehen und gehen. Er zählt halblaut und langsam, um ihnen beiden eine Chance zu geben und als er bei der »19« ist, steht der Kellner vor ihm.

»Und? Einen Milchkaffee?«

»Genau.« Benni strahlt ihn an. Vielleicht wird er dann doch noch nett. Als Benni den Kaffee serviert bekommt, liegt der eingepackte Keks dabei, der nach Karamell und Gewürzen riecht.

Beim Bezahlen legt Benni seinen neuen Fünfeuroschein hin und lehnt die Münzen ab, die der Mann ihm geben will. Für die muss man rechnen können. Deshalb mag er nur die Scheine. Der Kellner bedankt sich und Benni hat das Gefühl, damit selbst beschenkt zu werden. Vielleicht soll er den Mann doch fragen wegen der Arbeit im Café? Aber Benni wartet zu lange. Der Kellner ist mit der Tasse in der Hand bereits gegangen.

Auf dem Rückweg bleibt Benni an den Ahornbäumen entlang des Kanals stehen, der sich durch den mittelalterlichen Ort zieht. Die Blätter haben bereits gelbe Spitzen, und als Benni auf der Bank darunter Platz nimmt, segelt ihm ein gelbes mit grünen Adern vor die Füße. »Danke, lieber Baum«, sagt er und behält das Blatt in der Hand, um es daheim in das Fotobuch zu legen, das Mama ihm zum Einzug schenkte.

»Da kannst du die Bilder von deinem neuen Leben im Wohnheim sammeln«, sagte sie damals, doch es klebt noch kein einziges Foto darin. Olga kennt sich nicht aus damit, Bilder vom Handy ausdrucken zu lassen und Florian hat keine Zeit dafür. Benni nimmt sich vor, Amy darum zu bitten.

Als er das Wohnheim betritt, kommt ihm Andreas entgegen. Seine Barbie-Puppe hat eine Wollmütze auf und einen Schal um den nackten Körper gebunden.

»Was ist los mit Barbie?«, fragt Benni.

»Ist krank. Mit Corona«, antwortet Andreas.

»Ist die nicht geimpft?«

Andreas lässt den Kopf hängen. »Nicht geimpft.« Er läuft zum wartenden Bus, dessen Beifahrertür offen steht.

»Tschüs und gute Besserung für die Barbie!« ruft Benni Andreas nach.

Zurück im Zimmer holt er die Sporttasche aus dem Schrank und packt Kleidung und die Badehose für den Urlaub in München ein. Er plant, mit seinem Bruder an die Isar zu gehen.

Als Olga mit den Tabletten dazukommt, ist Benni fertig zum Aufbruch. Sie zieht den Reißverschluss der Außentasche auf, um den Blister unterzubringen. »Was ist das? Muss das mit?« Sie zieht eine zerknitterte, abgegriffene Postkarte heraus.

»Lass. Das ist meins.« Er reißt sie ihr aus der Hand und steckt sie zurück in die Tasche.

»Ist ja gut. Hast du alles? Warte mal. Lass uns kurz reden, bevor du fährst.«

Er stößt einen Atemzug aus. Immer muss sie reden. Widerstrebend setzt er sich. »Ich hab im Betrieb angerufen und mit Marcus und dem Sozialdienst gesprochen. Sie leh-

nen es ab, dir behilflich zu sein mit deinen Frauengeschich-
ten. Eine Arbeitsstätte ist keine Partnervermittlung, hat mir
der Marcus gesagt. Verstehst du? Du kannst froh sein, wenn
du nicht zum Chef gehen musst.«

Er schüttelt den Kopf. Die wissen doch überhaupt
nichts. Warum glaubt ihm keiner?

Da redet Olga schon weiter. »Was ich nicht verstehe,
ist, warum du nichts mit Gerd unternimmst. Der ist fit und
nimmt dich sicher mal mit zu den Leuten, die er trifft.«

Kurz überlegt er, ob er von Gerd was Schlechtes erzählen
soll, doch dann sagt er nur: »Gerd ist nicht mein Freund.
Der macht Sachen, die ich nicht mag.«

»Was denn zum Beispiel? Erzähl es mir.«

Doch er steht ohne Antwort auf und greift nach dem
Rucksack und der Tasche mit Herrn Hasenwanz. Der hat
am Morgen das teure Katzenfutter stehen gelassen, sodass
Benni es ins Klo schütten musste. »Ich geh jetzt.«

26

Sie haben sich am Hauptbahnhof verabredet und Leander ist rechtzeitig am Gleis. »Weißt du noch, damals, als ich dich hier nicht gefunden habe?«

Benni nickt. »War ich schuld?«

»Nein, warst du nicht, Benni.« Leander legt dem Bruder den Arm um die Schultern. »Und diesmal bin ich ja da, um dir den Weg zu unserer WG zu zeigen.«

»Was ist die WG?«

»Eine Wohngemeinschaft in der ehemaligen Hausmeisterwohnung einer alten Fabrik. Bis entschieden ist, was damit geschieht, dürfen wir sie bewohnen. Sie wird dir gefallen.«

Benni atmet tief ein. Die Schritte seines Bruders machen ihm Mühe, mitzukommen. Doch er ist stolz darauf, neben Leo herzugehen und drückt den Rücken durch. Die Leute sollen sehen, dass sie zusammen gehören, auch wenn kaum einer erraten würde, dass Benni der Ältere von beiden ist.

Nach einer Reihe von Stationen mit der U3 in den Norden der Stadt steigen sie aus. »Wenn wir die Woche mal ins Zentrum fahren, kannst du Amys Rad bis zur U-Bahn nehmen«, sagt Leander. Doch Benni hört es nicht, weil er vor einer Wand stehen geblieben ist. Er betrachtet das Graffiti in einer Bahnunterführung. Zwei Paar Schuhe mit Beinen bis über die Knie, die zueinander gewandt stehen. Den Rest der beiden Personen darf sich der Betrachter ausdenken. Benni denkt sofort ans Küssen.

»Das ist schön, oder?«, fragt Leander, der neben ihn tritt.

Benni nickt. »Darf ich das auch?«

Sein Bruder lacht. »Das, was die Beiden tun oder das Malen? Das eher nicht. Du, das sind inzwischen angesehene Künstler. Gib die Tasche her. Ich trag sie das letzte Stück.« Vor einer Hecke bleibt Leander stehen. »Das ist eine Abkürzung, die wir bis zum Haus nehmen. Der Haupteingang zur ehemaligen Tabakfabrik liegt in der Parallelstraße.« Er bückt sich unter einen überwucherten Laubengang und Benni folgt ihm. Seine Nase erschnuppert den herben Lavendel und dazwischen einen süßen Rosenduft.

Plötzlich ragt vor ihnen eine fensterlose Hauswand mit mehreren Stockwerken in die Höhe. Benni nimmt die graue Metalltür erst wahr, als Leander sie öffnet. Mit einem grellen Quietschen erlaubt sie ihnen den Zugang zum Treppenhaus.

»Hier unten sind einige Ateliers, in denen teilweise Künstler wohnen, Ausstellungen organisieren und manchmal laut feiern. Sind durchgeknallte Leute, Polen oder Russen, aber witzig. Du wirst sie vielleicht mal treffen.« Leander hat inzwischen den Lift gerufen, dessen Tür sich mit einem Ächzen öffnet. »4. Stock. Drück drauf!«

Benni schafft es gerade so, den Knopf zu erreichen und sie fahren schweigend nach oben. Der Fahrstuhl ist ein grauer Kasten ohne Spiegel, der einen metallisch-bitteren Geruch verströmt und beim Fahren mit einem hässlichen

Ton an den Wänden des Schachts entlang schleift. Der Wandputz im obersten Stockwerk, wo sie aussteigen, blättert ab wie Fischschuppen.

An der Wohnungstür empfängt sie Amy, die Leander küsst und Benni umarmt.

Er strahlt sie an. »Endlich. Meine Amy. Ich bin froh.«

»Aber hallo«, sagt Leander und knufft seinen Bruder in die Seite. »Müssen wir unsere Besitzverhältnisse neu klären?«

Verlegen grinsend sagt Benni: »Nein. Die Amy gehört dir. Aber ich darf auch mit ihr reden, oder?«

»Benni? Was hab ich dir schon mal erklärt? Kein Mensch gehört einem anderen. Man gehört ZU einem anderen, verstanden?«

Erleichtert atmet Benni auf. »Genau. Amy gehört ZU dir, nicht dir alleine.«

Amy ist ihrer Diskussion lachend gefolgt und greift jetzt nach Bennis Händen. »Lass dich anschauen. Du hast dich kaum verändert. Zum Glück.«

»Aber ich bin 21 Jahre und hab bisschen Bart.«

Leander wirft ein: »Echt? Zeig her. Ich glaub, ich brauch 'ne Lupe.«

Doch Amy unterbricht die Brüder. »Hey, und du sprichst richtig gut, Benni. Wie hast du das geschafft?«

»Mit Frau Dürren-Ger-ten-sch-lank. Die übt mit mir immer am Freitag.«

Amy schüttelt lachend den Kopf. »Die heißt nicht wirklich so, oder? Warum trägst du keine Brille mehr? Brauchst du die nicht mehr?«

»Genau. Der Doktor hat mein Aug gut gemacht.«

Als sie sich an den alten Holztisch setzen, schiebt sich Benni auf die Eckbank neben Amy, um an ihr zu schnuppern. »Du riechst immer wie Jasmin.«

Sie tauschen fröhliche Erinnerungen aus, als Leanders Freund Louis zu ihnen stößt.

27

»Du bist also Benni, Leos Bruder?« Louis steht mit gebeug-
tem Kopf und nach vorne gezogenen Schultern vor dem
Tisch und schaut auf Benni hinunter. Der legt seinen Kopf
in den Nacken, um in das Gesicht am Ende des langen
Körpers sehen zu können. Louis trägt das dunkle Haar zu
einem Männerdutt gebunden und eine schwarze Lederja-
cke zum dunklen Hemd und Jeans. Später wird Benni feststellen, dass seine Chucks etwa halb so groß sind wie die
feinen Lederschuhe von Louis.

»Jep. Ich bin der große Bruder von Leo und behindert.«

»Echt?« Louis lässt sich auf der Eckbank nieder und
schiebt seine Beine unter den Tisch. »Was fehlt dir, ich
meine, was kannst du nicht?«

Benni schnauft tief ein und wieder aus und wartet,
bis alle Drei ihn anschauen. »Also. Ich kann nicht lesen,
schreiben, rechnen, Frauen mit Namen im Kopf behalten
und mit Geld und Uhr und Handy ...«

Leander wirft ein: »Wieso, du kannst doch anrufen ...«

»Ja, wenn die Nummer drin ist, ohne geht nicht«, sagt
Benni und nimmt einen besonders tiefen Atemzug.

Louis grinst und sagt: »Aber so gut, wie du drauf bist,
mögen dich die Frauen, auch wenn du ihre Namen durcheinander bringst, oder?«

Benni weiß nicht, was er antworten soll. Logisch

mögen sie ihn, aber immer gibt es Probleme und er kennt sich nicht mehr aus mit ihnen. Er schlägt die Augen nieder und schüttelt den Kopf. Plötzlich ist die Stimmung ernst und schwer geworden.

Leander legt die Unterarme vor sich auf den Tisch und streckt sie Benni entgegen. »Hey Bruderherz. Jetzt ist Urlaub. Gut? Mach nicht so ein Gesicht. Du bist eine Show, das hast du mehr als einmal bewiesen. Louis wird staunen, wenn er dich erlebt.«

Später, als Benni in der Küche mit Amy zusammen Salat schneidet, will Louis von Leander mehr über Bennis Behinderung wissen.

»Was soll ich dir sagen? Du erlebst ihn doch selbst. Er kennt seine Grenzen und leidet darunter, keine verbindliche Beziehung haben zu können.«

»Echt? Warum geht das nicht? Ist er impotent?«

»Ne, glaub ich nicht. Keine Ahnung, woran es liegt, aber er findet halt keine Freundin. Irgendwie hat er es nicht richtig drauf und kriegt ständig Ärger im Heim und bei der Arbeit und hat inzwischen ein echt schlechtes Image. So hab ich jedenfalls die Betreuerin am Telefon verstanden. Sie wollte mich, glaub ich, warnen, damit er nicht straffällig wird. Echt schräg und inkompetent, wenn du mich fragst.«

Beim Abendessen redet Louis nicht viel, folgt jedoch aufmerksam den Gesprächen der anderen. Plötzlich sagt er: »Ich bringe morgen eine junge Frau mit, ist euch das recht?«

Amy und Benni nicken, doch Leander nimmt Louis später zur Seite. »Was führst du im Schilde? Wie kommst du plötzlich zu einer jungen Frau?«

»Lass mich. Je weniger du weißt, desto besser.«

Leander presst die Lippen aufeinander. Er hasst Geheimnisse. Da ist er wie Benni.

28

Am nächsten Tag strahlt die Sonne durch ein fransig gerissenes Loch im hellgrauen Löschpapierhimmel. Sie erinnert an eine Wintersonne, doch es ist ein diesiger Tag Ende August. Erst beim Frühstücken fällt Benni plötzlich der neue Bobhaarschnitt seines Bruders auf. Er schaut ihm in die grünen Augen. »Du hast neue Haare.«

Leander lacht. »Danke. Ja. Die Löwenmähne ist ab. Jetzt kann ich mich endlich mit dir sehen lassen. Kommst du mit zu Papas Grab? Es ist ein Jahr her, dass er dort liegt.«

»Aber später gehen wir zur Isar, okay? Ich hab die Badehose dabei.«

Sie fahren nur wenige Stationen und entgegen seiner Gewohnheit bleibt Benni stumm, bis sie vor der runden Aussegnungshalle mit der Kuppel stehen.

»Das ist die Kirche vom Friedhof?«

Leander schüttelt den Kopf. »War Mama nie mit dir hier?« Er schnauft. »Korrekt, das ist die Aussegnungshalle für die Trauerfeier. Von hier aus kommt der Sarg zum Grab.«

Benni verfällt wieder ins Schweigen, während Leander sich auf dem Friedhofsplan zu orientieren versucht. »Das ist ätzend, wie viele hier liegen«, sagt er wie zu sich selbst.

»Wir fahren zur Isar?«

»Benni, jetzt bringen wir's hinter uns, wenn wir schon mal da sind.«

Sie gehen die von dichtbelaubten Linden, Buchen und Platanen beschatteten Kieswege entlang bis zu einem Springbrunnen. Dort lässt sich Benni auf eine Bank fallen. »Warum sind die alle tot?«

Leander setzt sich neben ihn. »Hey Benni. Weil es normal ist, irgendwann zu sterben. Die meisten waren alt und krank, und manche sind verunglückt oder hatten keinen Bock mehr aufs Leben.«

»Was machen die mit ohne Bock aufs Leben?«

Leander schnauft und würde seine letzte Bemerkung am liebsten zurücknehmen. »Mensch, Benni. Du stellst Fragen. Okay, hier ist meine Antwort: Sie sterben, weil sie keine Hoffnung mehr auf irgendwas haben.«

»Wie Papa?«

»Keine Ahnung. Ja, vielleicht auch wie Papa.«

»Aber wie geht Hoffnung? Papa hat keine Hoffnung für uns gehabt?«

»Hm. Logisch hätte er auf uns hoffen und noch was aus seinem Leben machen können.« Leander ist froh, dass Benni nicht weiter fragt, sondern von der Bank aufsteht. »Komm. Ich glaube, wir müssen hier lang gehen.«

Auf den gepflegten Rasenflächen liegen die ersten gelben Blätter.

»Mensch Benni. Ist das nicht irre schön hier? Man hört keinen Verkehr von draußen.«

»Nur viele Vögel und bisschen Wind«, fügt Benni hinzu. Vor ihnen springt ein hellbraunes Eichhörnchen über den

Weg, hält inne, schaut aus schwarzen Kirschaugen zu ihnen her und rennt dann weiter.

»Man sollte vielleicht öfter mal zum Friedhof gehen. Die Toten haben ja nichts mehr davon, aber die Lebenden checken vielleicht, wie schön das Leben ist, oder, Benni?«

Nach einer Reihe von Abzweigungen zeigt Leander endlich auf ein schmiedeeisernes Kreuz mit einer Tafel, auf der Namen stehen.

»Das ist sein Name. Kannst du den lesen? Die anderen sind die von seinen Eltern und Onkeln.«

»Die sind da alle drin? Da ist jetzt kein Platz mehr?«

»Momentan wahrscheinlich nicht. Aber das muss uns nicht interessieren, oder?«

»Nein. Sterben ist doof.«

»Du sagst es. Hast du Papas Karte dabei, von der du gesprochen hast? Zeig her!«

Benni nimmt den Rucksack vom Rücken und zieht den Reißverschluss auf. Heraus kommt die abgegriffene Buntstiftzeichnung in Postkartenformat.

Leander fasst danach. »Ich wusste gar nicht, dass er malen konnte. Was willst du jetzt damit machen?«

»Frau Dürren sagt, ich kann sie verbrennen und die Asche zum Grab tun.« Bennis Stimme ist dünn geworden, wie ein Rinnsal, kurz bevor es in der Erde versickert.

»Und? Willst du das?«

Benni schüttelt den Kopf. »Das mag ich nicht. Papa ist nicht da drin. Ich riech nix.«

»Okay. Ich schätze, tote Menschen kann man nicht

mehr riechen, wenn sie beerdigt sind. Hebst du die Karte dann auf als Erinnerung?«

Er schweigt einen Moment lang. »Ich weiß nicht. Fährst du mit mir über'n See?«

Leander zögert. »Kein Problem. Können wir machen mit einem der Schiffe.«

»Dort mach ich die Karte auf dem Schiff kaputt und werf' sie ins Wasser.«

»Wow. Coole Idee. Zerreißen und dem See übergeben. Klassisch. Damit bist du deinen Frust los.« Er umarmt seinen Bruder, der die Karte wieder in den Rucksack steckt.

»Und was ist mit der Isar?«

»Das verschieben wir auf morgen. Ich bin heut' mit Einkaufen dran und du kannst mir dabei helfen.«

»Give me five!« Benni spreizt die Finger und klatscht Leanders Hand ab.

29

Als die Brüder mit dem Einkauf in die WG kommen, treffen sie Amy am Laptop an.

»Du lernst, was die Leute miteinander machen, richtig?« fragt Benni, der noch weiß, was sie ihm am Abend zuvor über Soziologie erklärt hat.

Sie lacht ihn an. »Deine Definition hat was. Wie ist es am Grab für dich gewesen?«

»Gut. Aber Papa war nicht da.«

Amys Blick sucht den von Leander und hört dessen Erklärung: »Benni hat ihn nicht gerochen.«

»Ach so«, meint Amy und übernimmt die vollen Taschen zum Auspacken. »Übrigens, Benni, bevor ich' s vergesse. Dein Handy hat geläutet und ich bin dran gegangen. Eine Frau Düren hat den Termin für Freitag Nachmittag abgesagt. Du weißt Bescheid?«

Er nickt. »Ich schau zu Herrn Hasenwanz.« Als er die angelehnte Tür des Zimmers aufdrückt, sieht er den Kater auf dem Bett liegen und den Kopf heben. »Hi, mein Freund. Ich bin wieder da«, damit hebt er ihn an sein Gesicht und küsst ihm den Bauch.

Zurück in der Küche fragt Benni an Amy gewandt: »Ich darf dir mit Kochen helfen?«

»Ja klar. Machst du das auch immer im Wohnheim?«

Er schüttelt den Kopf. »Manchmal. Die Betreuer bestimmen des.« Es klingt traurig und Amy fragt nicht weiter. Im Gemüse schneiden ist er gut und schafft einen Berg aus Karotten und Kartoffeln. Amy lässt Speck in der Pfanne schmoren und kippt das Geschnipselte dazu. Benni hat sich den Holzschaber geholt, um das Gemüse zu wenden. Es riecht lecker und er wirft einen hungrigen Blick zum Tisch, auf dem bereits frisches Krustenbrot und Butter warten.

Später hilft er Leander beim Küche aufräumen, als Louis die Wohnung betritt. Er wird von einer jungen Frau begleitet, deren Anblick Benni den Atem verschlägt.

»Darf ich euch vorstellen: Sunny Kramer, meine neue Mitarbeiterin, die unsere WG kennenlernen möchte.«

Benni bringt kein Wort heraus. Er betrachtet Sunny und weiß nicht, was er sagen oder tun soll. Am liebsten würde er die blonden, langen Locken berühren, die unter dem glänzenden Seidentuch herausschauen. Doch er traut sich nicht, auf sie zuzugehen und ihr seine breite Hand mit den kurzen Fingern zu reichen. Nicht dieser zartgliedrigen Hand mit den dunkelroten Fingernägeln. So etwas Schönes hat er noch nie gesehen. Sein Herz klopft wie wild und er hält den Atem an, bis er meint, platzen zu müssen.

Doch auch Sunny ist bisher stumm geblieben und Louis beeilt sich hinzuzufügen: »Sunny hatte einen Unfall und ist seitdem beschädigt – äh, ich meine behindert. Deshalb trägt sie das Kopftuch und redet schlecht.«

Benni steht regungslos da und starrt Sunny an. Was meint Louis? Beschädigt ist etwas nach einem Unfall. Sunny ist ja wohl eine Frau, so wie sie schaut und sich bewegt.

Sie lächelt Benni an und streckt ihm die Hand hin.

Er atmet auf und geht auf sie zu. »Hi, ich bin Benni und freu mich, dass du da bist.« Sunnys Finger sind angenehm kühl in seiner feuchten Hand.

Sie lächelt und lispelt beim Sprechen. »Sehr angenehm.«

»Das macht nichts, dass du stottern musst. Du kannst zu Frau Düren gehen, die ist gut und hilft dir beim Sprechen.«

Sunny lächelt weiter, nickt und wendet sich Louis zu. »Wo kann ich wohnen?«

Leander kommt ihm mit einer Antwort zuvor. »Benni wohnt in meinem Zimmer, weil ich in den Tagen mit ihm sowieso nicht am Schreibtisch bin. Schlafen tu ich bei Amy.«

»Gut, dann kann Sunny die Kammer beziehen. Vielleicht lädt Benni sie ja auch zu sich ein.« Louis zwinkert ihm zu, dessen Pupillen sich unruhig bewegen und von neuem bei Sunny hängen bleiben.

Sie folgt Louis in den Gang hinaus.

»Darf die meine Freundin sein?«, fragt Benni leise Amy.

Sie lacht. »Keine Ahnung. Wenn ihr euch mögt, ergibt sich das. Gefällt sie dir?«

Er nickt stumm mit strahlenden Augen.

Louis kommt allein zurück. »Sunny hat schon gegessen. Sie will sich hinlegen. Habt ihr noch was für mich übrig gelassen?« Er setzt sich mit dem Rest in der Pfanne zu Benni an den Tisch. »Und? Wie findest du Sunny?«

»Ganz toll. Ist sie deine Freundin?«

Louis gibt ein meckernden Lachen von sich. »Ne. Ich steh nicht so auf Frauen. Aber was ist mit dir?«

»Ich darf mit Sunny zusammen sein?«

Louis zieht die Augenbrauen in die Höhe. »Ja logisch. Wenn sie dir gefällt.«

»Die hat keinen Freund?« Bennis Gesicht hat eine rosige Farbe angenommen und seine Augen hängen an den Lippen von Louis.

Der lacht. »Nein. Hat sie definitiv nicht. Allerdings gibt es eine Bedingung ...«

Über Bennis Strahlen gleitet ein Schatten wie eine fette Regenwolke. »Ich darf sie da nicht anfassen?«, sagt er und greift sich an die Brust.

Leander wirft seinem Freund einen starren Blick zu, worauf Louis den Mund schließt und nur ein Glucksen von sich gibt. Dann sagt er: »Pass auf, Benni. Was ich von dir brauche, ist, dass du mir erzählst, wie es dir mit Sunny geht. Mehr nicht. Ist das okay?«

Benni atmet auf. »Jep. Give me five« sagt er und streckt Louis die Hand hin.

»Wow. Du sprichst Englisch.«

30

Als Sunny entgegen Louis' Ankündigung in die Küche zurückkommt, fühlt sich Benni mutig genug, die Initiative zu ergreifen. »Magst du mit mir ein Spaziergang machen?«

Sunny nickt und er greift nach seinen roten Chucks. »Sollen wir einen Schlüssel mitnehmen?«, ruft er vom Flur aus Amy zu.

»Wir machen auf, wenn ihr zurückkommt. Kennst du dich hier herum schon aus?«

Er zögert, denn daran hat er nicht gedacht. »Nur den Weg zur U-Bahn.«

Louis wendet sich Amy zu. »Sunny hat die Koordinaten gespeichert und findet auf jeden Fall zurück.«

Mit Herrn Hasenwanz auf dem Arm beginnt Benni, die Treppen hinunterzusteigen. Sunny folgt ihm. Das mit einem flackernden Licht erleuchtete Treppenhaus hat keine Fenster und er ist erleichtert, als er die Haustür im Erdgeschoss aufstoßen kann. Sie gehen an der verwilderten Hecke entlang und erreichen die doppelspurige Straße. Hier fließt der Feierabendverkehr an ihnen vorbei und dahineilende Menschen überholen sie. Benni sieht manch einen Blick, der an Sunny hängenbleibt. Sie trägt zu silbern glänzenden Leggins und einem schmal geschnittenen weißen Jackett ein Kopftuch mit Leopardenmuster und roten Rosen auf dunklem Grund. Trotz der hohen Absätze ihrer geschnürten, weißen Stiefel geht sie neben Benni her, als würde sie schweben. Keiner der Passanten scheint ihn und den kurzschwänzigen Herrn Hasenwanz zu bemerken. Das ist Benni mehr als recht, seitdem ihm bewusst ist, dass er Sunny nur bis zur Brust reicht. Weil er jedoch außer Atem gerät und Herr Hasenwanz an der Leine zerrt, um unter die Büsche zu kriechen, bittet er Sunny, langsamer zu gehen.

»Wie du magst«, sagt sie.

Er sieht eine Bank auftauchen und greift nach Sunnys Hand. »Komm, da können wir sitzen.« Er beschleunigt den Schritt und lässt sich darauf sinken. »Ist das okay?«

Sunny nickt und setzt sich neben ihn. Benni gibt Herrn Hasenwanz mehr Leine für die Büsche und hört Sunny leise sagen: »Darf ich mehr Informationen über dich haben?«

»Ja, aber nicht so viel.«

»Warum?«

»Weil ich nicht soviel weiß.«

»Warum sagst du das?«

Er räuspert sich. »Ich bin behindert.«

Sunny schweigt und Benni betrachtet ihr Profil mit der hübschen Nase und den langen Wimpern. Ihr Lippen sind voll und er kann nur noch ans Küssen denken.

»Du musst mir alles über dich erzählen, wenn ich deine Freundin sein soll«, sagt Sunny plötzlich und ihm fällt ihr Stottern kaum noch auf. Doch vielleicht ist es seine Chance, dass sie auch ein wenig behindert ist. Als er näher zu ihr hin rückt, streicht ein honigsüß duftende Zweig vom Sommerflieder seine Wange. Benni dreht sich zu den violetten Blüten um und sieht die Tagpfauenaugen, die darum herumtanzen. Er spürt seine Mundwinkel nach oben wandern. »Darf ich dich küssen?«

»Ja. Sicher. Wenn ich deine Freundin bin, sind wir ein Paar und als Paar küssen wir uns und haben Sex miteinander.«

Ihm fährt das Erschrecken wie ein Blitz vom Kopf bis zu den über dem Kiesweg baumelnden Füßen. »Eigentlich will ich das ...« murmelt er, doch Sunny fragt nicht nach.

31

»Was hast du mit Benni vor?«, fragt Leander seinen Freund, der mit seinem Laptop am Eichentisch in der Küche sitzt.

»Nichts Spezielles. Einfach nur beobachten, ob der Einsatz von Androiden bei geistig behinderten Menschen eine Option wäre.«

Leander lässt sich auf der Eckbank nieder. »Du willst testen, ob er merkt, dass Sunny kein Mensch ist?«

»Genau.«

»Wird er sich nicht betrogen fühlen, wenn er es bemerkt?«

»Warum sollte er? Er erlebt sich als Mann und sammelt Erfahrungen. Wenn es scheitert oder er keinen Bock mehr auf sie hat, ist er frei.«

Leander beißt auf sein Zeigefingergelenk und zieht das Gesicht in Falten.«Mir wäre es lieber, wir sagen ihm, dass Sunny nicht echt ist. Dann kann er sich ja trotzdem an ihr ausprobieren.«

»Auf keinen Fall. Ich wäre echt sauer, wenn du mir diesen Versuch verdirbst.«

»Versuch? Du hast das mit den Beiden von Anfang an geplant?«

»Ne. Erst als du mir was von seinen Problemen erzählt hattest, fiel mir ein, dass Sunny zu uns ins Institut geliefert wurde und noch keiner so recht weiß, was weiter mit ihr geschehen soll.« Louis nimmt einen tiefen Atemzug. »Sie ist einfach nicht mehr voll einsatzfähig nach dem Vorfall in der Firma, von daher bietet sich so was in der Art an.«

»Und da hast du daran gedacht, Bennis Reaktion für deine Arbeit zu verwenden.«

»Ja und? Wenn's so wäre? Was ist falsch daran?«

Leander fällt keine Antwort darauf ein. Er kennt die Begeisterung seines Freundes für die Robotik und den Einsatz von Androiden. Logischerweise ist das auch das Thema der geplanten Doktorarbeit. Jeder würde nach der Gelegenheit greifen, Benni mit Sunny zu beobachten. Wobei es für ihn vielleicht auch wirklich die Chance auf eine Freundin ist.

»Übrigens. Bist du da, wenn der Handwerker wegen des Balkongeländers kommt?«, fragt Louis in diesem Moment.

Leander fühlt sich aus seinen Gedanken gerissen und sagt: »Weiß ich noch nicht. Den Tutorenkreis versäum' ich ungern. Hängt davon ab, für wann der Typ sich angemeldet hat.« Er steht vom Tisch auf und geht in sein Zimmer, um den Schreibtisch von den vielen offen liegenden Büchern, Notizzettel und Kopien zu befreien.

32

»Was meinst du? Soll Sunny mit dir im gleichen Zimmer wohnen?«, fragt Louis, der ihnen bei der Rückkehr vom Spaziergang die Wohnungstür öffnet.

Benni zögert mit der Antwort. Der gemeinsame Heimweg ist schweigend verlaufen, ganz anders, als er ihn sich vorgestellt hat. Neben der attraktiven Frau herzulaufen, mit der er nur mühsam hat Schritt halten können, fand er anstrengend. Sie blieb zwar jedes Mal stehen, wenn Herr Hasenwanz an der Leine zog, doch Benni konnte einfach nicht einschätzen, wie lästig ihr das war. Das einzige, was er an Erkenntnis gewonnen hat, ist, dass er keine Spaziergänge zu Dritt mehr vorschlagen wird. Er wendet sich Sunny zu. »Willst du das?«

Sie hat die Jacke abgelegt und zuckt mit der hübschen Schulter unter dem hellblauen Träger ihres Hemdes. »Kein Problem. Ich schlafe im Sessel, wenn das Bett nicht breit genug ist.«

»Einverstanden?« fragt Louis, doch Benni hört ihn nicht, weil sein Blick an dem Top von Sunny hängengeblieben ist, während sich seine Füße weiter zur Garderobe hin bewegen und dort über den Teppich stolpern.

»Autsch. Blödes Ding«, schimpft er.

»Benni. Ich will wissen, ob du einverstanden bist, dass Sunny bei dir übernachtet?«

Da fällt ihm ein, was Sunny über Sex gesagt hat und er macht einen letzten Versuch, die Entscheidung hinauszuschieben. »Herr Hasenwanz schläft auch im Bett.«

Doch Sunny äußert sich dazu nicht, sodass Louis sagt: »Ich meine, Leos Raum ist groß genug für euch Drei. Dann ist das geklärt.« Er lässt sie stehen und geht auf sein Zimmer am Ende des Gangs zu.

Benni hört Amy und Leander hinter der Küchentür reden und möchte bei ihnen sein. Aber vielleicht sollte er Sunny vorher in ihr gemeinsames Zimmer führen. Warum freut er sich nicht richtig darüber? Er schnauft und schüttelt den Kopf, um seine Unsicherheiten loszuwerden, geht voraus und öffnet weit die Tür. Sunny ist ihm gefolgt und lässt sich stumm auf dem Sessel nieder. Benni setzt sich aufs Bett, hebt den Kater zu sich herauf und drückt das Gesicht in den warmen Bauch des Tieres. Als er seinen Vanillegeruch einatmet, fällt ihm etwas ein. »Magst du Herrn Hasenwanz?« fragt er in Sunnys Richtung.

»Im Jahr 2022 lebten 34,4 Millionen Heimtiere in deutschen Haushalten, das bedeutet, rund 46 Prozent aller Bundesbürger hielten sich mindestens ein Tier. Das beliebteste dabei ist die Katze. Es gab im letzten Jahr 15,2 Millionen davon. Die Tendenz ist steigend.«

Er starrt sie an. »Warum weißt du das?«

»Weil Wissen Macht ist, wie Francis Bacon schon im 16. Jahrhundert beschreibt.«

»Und du magst Herrn Hasenwanz oder du magst ihn nicht?«

»Er stört mich nicht, wenn du das meinst.«

Benni sieht dem Kater zu, wie er sich das Fell leckt. Dann rollt er sich auf dem Fußteil des Betts ein und schließt die Augen. Die Diskussion über Katzen im allgemeinen und über ihn im Speziellen interessiert ihn ganz offensichtlich nicht.

»Darf ich deine Haare bürsten?« Benni sieht unter den Utensilien, die Sunny auf dem Schreibtisch ausbreitet, eine Haarbürste liegen.

Sie greift danach und reicht sie ihm, der hinter den tiefen Sessel getreten ist.

»Machst du das Tuch weg?«

Als sie es ohne zu zögern abnimmt, erschrickt er. Ein Teil ihrer blonden Locken fehlt, stattdessen zieren Nähte die helle Kopfhaut.

»Was hast du da gemacht?«

»Nichts. Meine Chefin reagierte emotional auf ihren Ehemann, der Gefallen an mir fand.«

Er versteht den Zusammenhang nicht. Doch Sunny tut ihm leid und er führt die Bürste sanft über die Haarflut, die ein wenig nach Klebstoff riecht. »Ist das gut?«

Sie nickt. »Ich bin für die Schulung neuer Arbeitskräfte programmiert und habe für eine Firma gearbeitet. Über dich brauche ich weitere Informationen, verstehst du?«

Obwohl er sich nicht sicher ist, ob er das tut, will er ihr alles erzählen und auch von ihr mehr wissen.

»Gut. Dann fangen wir an. Es genügt, wenn du ja oder nein sagst.« Sie bindet sich wieder das dunkle Kopftuch mit den Rosen um.

Er nickt und legt die Bürste auf den Schreibtisch. Viel

lieber würde er weiter ihre Haare bürsten, doch wenn Sunny ihn Sachen fragt, will er sie anschauen und richtige Antworten geben. Also setzt er sich aufs Bett und wartet darauf, was Sunny wissen will.

»Magst du dich gern unterhalten?«

»Ja, ich red gern mit Leuten.«

»Gehst du gern shoppen?«

»Nein. Nur, wenn ich muss.«

»Magst du ins Kino gehen?«

»Nein. Das ist zu schnell und ich versteh nix.«

»Schaust du lieber fern?«

»Ja, da schalt ich aus, wenn es nicht passt.«

»Bist du gern lustig?«

Benni lacht und atmet auf. Er macht das gut mit Sunny, findet er und sagt: »Jep.«

»Magst du Witze erzählen und hören?«

»Nur selber welche ausdenken, die anderen versteh ich nicht. Die sind nicht lustig. Aber ich lach immer mit den anderen.«

»Hast du ein gutes Gedächtnis?«

»Wenn ich wo war, weiß ich die Straßen und Häuser, aber ohne Namen.«

»Merkst du dir gut Dinge, die man dir erzählt?«

»Manchmal ja, manchmal nein. Geheimnisse weiß ich immer.«

»Wie machst du es, wenn du dir etwas merken willst?«

Er hält inne und überlegt. »Ich rieche es, dann weiß ich es.«

»Träumst du häufig?«

»Nein.«

»Was macht dich traurig?« Er weiß die Antwort sofort. »Dass mein Papa nicht mehr da ist.« Bevor Sunny eine neue Frage stellen kann, sagt er: »Der ist bestimmt im Himmel. Alle Menschen kommen da hin, wenn sie Gutes gemacht haben.« Kurz hält er inne. »Du und ich auch.«

»Jedes Lebewesen, das daran glaubt, kommt in den Himmel. Doch nachdem ich zwar alle Merkmale eines Lebewesens besitze, aber statt zu glauben die Dinge weiß, werde ich nicht in den Himmel kommen.«

Er schaut sie mit weit geöffneten Augen an. »Bist du traurig wegen dem Himmel?«

»Nein. Das spielt für mich keine Rolle. Ich werde auf eine materielle Art überleben.«

In diesem Moment klopft es an die Tür und Louis steckt den Kopf mit dem dunklen Männerdutt durch den Spalt. »Na? Wie geht' s euch?«

»Gut«, beeilt sich Benni zu sagen und atmet erleichtert über die Unterbrechung auf. »Sunny fragt mich viele Sachen und ich hab sie auch was gefragt.«

»Aha. Das ist gut.« Louis wendet sich Sunny zu. »Ihr kommt klar?«

Sie nickt und Louis zieht die Tür wieder hinter sich zu.

»Ich mag jetzt nicht mehr reden.«

»Gut, dann machen wir eine Pause«, sagt sie und lehnt sich im Sessel zurück.

Benni ist aufgewühlt und gleichzeitig erschöpft. Die Situation ist komisch und er versteht nicht, warum. »Magst du dich auch ins Bett legen?«, fragt er leise.

Sie hat ihn verstanden und erhebt sich. Ohne die pink-farbenen Paul Green Slippers, die sie in der Wohnung trägt, lässt sie sich neben ihm aufs Bett fallen.

Er zieht unter der Zudecke die Jeans aus, rutscht an die Wand und dreht sich auf die Seite, um Sunny zu betrachten. »Du bist so schön«, sagt er und legt die Hand auf ihr helles Top.

Sie lächelt und schaut ihm in die Augen. »Du darfst mich jetzt küssen.«

Mit angehaltenem Atem streckt er ihr sein Gesicht hin. Ihre Lippen sind weich und öffnen sich bereitwillig, als sein Mund sie berührt. Seine Zunge tastet sich behutsam in die fremde Mundhöhle, gleitet die Zahnreihen entlang und spürt das feste Zahnfleisch. Benni atmet durch die Nase, um mit dem Küssen nicht aufhören zu müssen, und Sunny lässt ihn gewähren, ohne selbst etwas zu tun. Mit einem Seufzen dreht er sich endlich auf den Rücken. »Sunny, ich liebe dich.«

»Ich liebe dich auch.«

Er stützt den Kopf auf den Unterarm. »Echt?«

»Ja. Sagt man das nicht als Antwort auf ein Liebesge-ständnis?«

»Doch. Schon richtig. Entschuldigung.«

»Der Zungenkuss des Mannes ist erwiesenermaßen der Wunsch nach Sex.«

Er beißt sich auf die Unterlippe. »Ich bin bisschen müde und will schlafen. Ist das okay für dich?«

»Schlaf gut.«

Das mit der Müdigkeit ist eine Lüge gewesen und Benni

liegt lange wach, weil er sich nicht auskennt mit Sunny. Sie ist die schönste Frau, der er jemals begegnet ist, und sie liegt jetzt mit ihm im gleichen Bett und lässt ihn vielleicht alles mit ihr machen, was er will. Doch sie ist so anders als die Frauen, mit denen er bisher geschmust hat, und er kommt einfach nicht darauf, was ihr fehlt. Warum ist er nicht glücklich statt ratlos? Er überlegt, ob er aufstehen und die anderen danach fragen mag. Doch er schämt sich vor ihnen, die dann vielleicht denken, dass er kein richtiger Mann ist. Außerdem kommt es ihm so vor, als wenn Sunny auch wach liegt statt zu schlafen. Soll er dann nicht lieber mit ihr reden statt mit den anderen? Aber was kann er ihr sagen, außer dass er sich klein fühlt und dumm? Er kennt sie einfach noch viel zu wenig. Da spürt er die Schnurrhaare von Herrn Hasenwanz im Gesicht. Sie kitzeln und Benni streckt die Hand nach ihm aus. Beim Schnurren seines Katers schläft er ein.

33

Als er am nächsten Morgen die Augen öffnet, ist Sunny schon aufgestanden und lässt Herrn Hasenwanz gerade zur Zimmertür hinaus. Benni hört ihn jedoch im Flur jammern und weiß Bescheid.

Er rutscht aus dem Bett und läuft zum Bad, wo Amy tags zuvor ein Katzenklo mit Streu gefüllt hat. Als er die Tür öffnet, folgt ihm Herr Hasenwanz.

»Guten Morgen«, begrüßt ihn Louis, der in einem schwarzen Schlafdress am Waschbecken steht. »Wie war eure Nacht? Alles gut gelaufen?«

Benni nickt. »Alles fein. Sunny ist super und ich hab gut geschlafen.«

»Und eine Morgenlatte, wenn ich richtig sehe«, sagt Louis mit Blick auf Bennis Boxershorts. »Muss dir nicht peinlich sein. Geh einfach noch mal ins Bett mit ihr.«

Wortlos dreht sich Benni um und geht ins Zimmer zurück. Sunny zieht sich gerade ein hellblaues Trägertop über den Kopf und bindet sich ein farblich passendes Tuch um den Kopf. Die pinkfarbenen Slippers von gestern tauscht sie mit blau schillernden aus und verlässt das Zimmer, ohne Benni anzusprechen.

Vielleicht ist sie sauer wegen etwas, das er falsch gemacht hat. Soll er sie zurückholen wegen dem Ziehen in seinem Bauch? Doch er traut sich nicht und beschließt, nicht weiter darüber nachzudenken und schlüpft für das Naheliegende unter die Decke.

Weil er als Jugendlicher kein Wort dafür hatte, nannte er es damals »Pimmel kratzen«. Irgendwie mag er den Ausdruck auch heute noch.

34

Louis steckt sich Cornflakes aus der Packung in den Mund und wendet sich Leander zu. »Kannst du dir heute Zeit für Benni und Sunny nehmen? Ich muss ins Institut.«

Leander schaut von dem Buch auf, das er während des Müsli Löffelns vor sich liegen hat. »Logisch mach ich was mit Benni. Ob wir Sunny mitnehmen, muss er entscheiden.«

»Kann es sein, dass du was gegen sie hast?«

Leander hebt die Schultern und verzieht die Mundwinkel. »Vielleicht. Mal sehen.«

»Amy ist mit Einkaufen dran. Ist sie schon weg?«

Leander nickt. »Entspann dich. Sie vergisst es nie.«

Louis hebt die Hand und geht.

In dem Moment betritt Sunny die Küche und setzt sich zu Leander an den Tisch.

Er weiß noch immer nicht, wie er mit ihr umgehen soll. »Magst du Kaffee oder Tee? Kennst du dich mit der Maschine aus?«

Sie nickt und füllt aus der Kanne Tee in eine Tasse, an der sie nippt.

»Was ist mit Frühstück?«

Kopfschütteln. Stattdessen sagt sie: »Das mit Benni funktioniert nicht.«

»Warum glaubst du das? Er ist total begeistert von dir.«

Sie antwortet nicht und Leander löffelt schweigend seine Schüssel leer und wirft einen Blick in sein Buch. Als er Benni in der Tür stehen sieht, klappt er es endgültig zu.

»Guten Morgen. Krieg ich Kaffee und Müsli?«

»Und deine Tablette nicht vergessen!«

Während Benni mit dem Frühstücken beschäftigt ist, fragt Leander nach den Plänen der Beiden. »Wollt ihr mit mir an die Isar?«

Benni strahlt und Sunny schweigt. Damit ist es entschieden.

»Und später gehen wir zu einem Fest?« schlägt er vor und Leander ergänzt: »Was haltet ihr vom Rummelplatz mit Karussell, Schießbude und so Zeug?«

Voll begeistert springt Benni auf, redet in ein imaginäres Mikrophon und tanzt damit durch die Küche. Mit seiner Ansage »Gehst du mit?« lädt er Sunny ein, mitzukommen.

Sie geht zurück in ihr Zimmer und kommt in einem sonnengelben Sommerkleid mit passendem Kopftuch zurück. An den Füßen trägt sie goldene Riemchensandaletten.

Benni steht mit halb geöffneten Mund da und lässt sie nicht aus den Augen. »Du bist so schön!«

Sunny lächelt ihn wortlos an. Leander sieht es, nimmt einen tiefen Atemzug und gibt das Zeichen zum Aufbruch. Der Fußweg zur U-Bahn sowie die Fahrt selbst verlaufen schweigend. Selbst Benni begnügt sich damit, Sunny anzustrahlen.

In der Innenstadt angekommen, geht Leander voraus in Richtung Reichenbachbrücke. Von dort zeigt er hinunter zur Isar, wo vereinzelt Menschen lagern. »Da auf dem Kiesstrand breiten wir unsere Badetücher aus.«

Unten angekommen legen sie Kleidung und Schuhe ab. Sunny trägt unter dem Kleid einen gemusterten Bikini, der aus einem winzigen BH und einem Tangaslip besteht. Benni wagt einen kurzen Blick darauf und spürt die Röte in sein Gesicht steigen. Er trägt dunkle Badeshorts und geht mit den Füßen in das ruhig strömende Wasser. »Das ist super schön. Kommst du schwimmen?«

Doch Sunny, die ihr orangegold schimmerndes Tuch nicht abgenommen hat, schüttelt den Kopf und lässt sich mit geschlossenen Augen nach hinten auf das Badetuch sinken.

In diesem Moment entdeckt er Leander, der sich von der Strömung ein Stück weit hat treiben lassen. »Warte, ich komme«, ruft er ihm zu und wirft sich in die kühle Isar. Als er Leander erreicht hat, spritzt der ihm lachend Wasser ins Gesicht.

»Na warte«, schreit Benni und spritzt dagegen. Für einen Moment gibt es nur ihn und seinen Bruder. Er jauchzt vor Glück. Doch da fällt ihm Sunny wieder ein und er dreht sich nach ihr um. Sie hat sich zum Sitzen aufgerichtet und redet mit zwei Männern, die im Kies neben ihr knien. Benni ruft seinem Bruder zu: »Wir schwimmen zurück?«

Doch Leander hat die Situation bereits erfasst und ist auf dem Rückweg. Benni schnauft. Die Wasserschlacht mit seinem Bruder hat ihn außer Atem gebracht und das

Schwimmen gegen die Strömung der Isar strengt an. Leander kommt vor ihm bei Sunny an und spricht mit den Männern. Als Benni aus dem Wasser steigt, sind sie schon weg.

»Was wollen sie?«

»Was wohl. Anbandeln natürlich. Es waren, glaube ich, Migranten, die Sunny wegen des Kopftuchs vielleicht für eine Muslima hielten. Doch als sie den Mund aufmachte, erkannten sie wohl, dass sie keine ist.«

»Was ist eine Muslima?«

»Eine Frau, die an Allah glaubt, in die Moschee geht und aus einem weit entfernten Land in Asien kommt. Sie würde aber eher keinen Bikini tragen wie Sunny.«

»Warum nicht?«

»Weil ihr das Allah oder der Prophet Mohammed oder auch ihr Ehemann verbietet.«

Über Verbote will Benni heute nichts hören. Er sucht Sunnys Blick. »Ich erlaub dir Bikini und alles. Ich mag das.«

Sunny reagiert nicht darauf. Als Leander vorschlägt, aufzubrechen, greift sie nach ihrem Kleid.

Benni steigt in seine Jeans mit den modischen Flecken und schlüpft in das geliebte T-Shirt mit dem Fotodruck von Herrn Hasenwanz. »Ich will was essen«, fällt ihm ein.

»Alles klar, Bruderherz.« Leander packt die Badetücher ein und geht zur U-Bahn voraus, mit der sie zum Olympiapark fahren.

35

Bereits von weitem sieht Benni das Riesenrad sich langsam drehen und im Park die Zelte, Holzbuden und Container stehen. Als sie sich dem Highspeed-Karussell nähern, hört er Sunny sagen: »Ich fahre damit.«

Leander reißt die Augen auf, doch als sie nickt, geht er zur Kasse und löst ein Ticket für das angeblich wildeste Fahrgeschäft aller Zeiten. Zu Benni zurückgekehrt beobachten sie, wie Sunny dort einsteigt. Der Versuch, ihr mit den Augen zu folgen, als die Sitze an den langen Greifarmen sich in die Höhe heben und in rasantem Tempo vorbeisausen, scheitert. Keine Chance. Erst als das Karussell wieder zum Stehen kommt, steigt Sunny aus und kommt entspannt auf sie zu.

»Du bist nicht schwindelig?«, fragt Benni, dem noch vom Zuschauen mulmig ist. Statt eine Antwort zu geben, schreitet sie auf ihren High Heels vor ihnen her, als käme sie gerade von einer Fahrt in einer Limousine statt von einem Teufelsritt zurück.

Benni staunt. Warum ist er nicht so mutig wie sie? Er würde viel dafür geben. Wieder einmal fühlt er sich wie ein Kind und spürt den Ärger darüber im Bauch grollen.

Da erschnuppert seine Nase ein Potpourri aus Düften, das ihn in die Feinschmeckergasse einschwenken lässt. Hier riecht es nach schokoladigen Crepes, nach gebratenem Speck, leckeren Burger, Pommes und Bratwürsten. Leander und Sunny sind ihm gefolgt und stellen sich zu ihm in die Schlange der Wartenden.

Bepackt mit einem Veggie-Burger für Leander und einem Süßkartoffel-Kimchi-Burger für Benni gehen sie über die Wiese zum Theatron hinüber. Sunny, die eine Einladung zum Burger abgelehnt hat, trägt die Getränkedosen. Benni bezieht ihren mangelnden Appetit auf die verrückte Karussellfahrt. Wie gut, dass er sich dagegen entschieden hat. Gleichzeitig spürt er eine komische Traurigkeit wie ein Loch in seinem Bauch wachsen.

Um beim Auftritt der Band im Theatron Kontakt zu den Musikern aufnehmen zu können, sucht er einen Platz möglichst nahe an der Bühne, doch Leander ist dagegen. »Lass uns lieber weiter oben lagern. Du kannst ja später hinunter zur Bühne.«

Er gibt nach, weil es bis zum Zeitpunkt des Auftritts offensichtlich noch dauert. Sie steigen den Hang hinauf. Von hier oben beschenkt sie ein weiter Blick auf die Bühne, den See mit den Tretbooten und auf den Park mit seinen üppig grünen Laubbäumen. Rechts von ihnen entfaltet sich das Olympiazelt, das Leander »das schönste Bauwerk ever neben dem Eifelturm« nennt. Ihre Burger sind in Windeseile verzehrt und sie liegen gesättigt im Gras, als im Amphitheater die angekündigte Gruppe mit ihrem ersten Stück einsetzt.

Benni richtet sich zum Sitzen auf und hört auf die

Musik, doch nach wenigen Takten lässt er sich auf die Wiese zurückfallen. »Das ist Reggae, nicht bayrisch«, erklärt er.

»Und darauf stehst du nicht?« will Leander wissen.

Benni schüttelt den Kopf und rutscht an Sunnys Seite. »Wie geht' s dir?«

»Gut. Danke. Und wie geht es dir?«, fragt sie zurück.

»Auch gut. Magst du Gänseblümchen? Hier auf den Wiese sind immer ganz viele. Jetzt sind alle weg. Schade.«

»Ihre Hauptblütezeit ist der April und der Mai. Zu dieser Zeit ist der geeignete Sammelzeitpunkt. Bei milden Temperaturen blühen sie aber auch bis Ende November.«

»Warum muss man die sammeln?«

»Gänseblümchen regen den Stoffwechsel an, sind gut für die Haut und die inneren Organe. Als Garnierung und ...«

Diesmal fühlt sich Benni mutig genug um zu reagieren. »Das ist genug. Mehr will ich nicht wissen.«

Sunny verstummt und er streichelt ihr Hand mit den rot lackierten Fingernägeln. »Warum weißt du so viel?«

Sie hebt ihre hübsche Schulter und lächelt ihn an. »Von dir weiß ich noch nicht viel. Darf ich dich weiter fragen?«

»Okay, aber leise. Damit die Leute nichts hören.« Er rutscht zu ihr hin und wartet.

»Was machst du gern? Magst du tanzen?«

Er nickt mit leuchtenden Augen. »Aber nur alleine. Zusammen ist schwer.«

»Traust du dich, auf der Bühne aufzutreten zum Tanzen und Singen?«

»Jep. Das hab ich schon gemacht und alle haben geklatscht.«

Sunny schaut ihm in die Augen, lächelt und nickt. »Pass auf. Ich will noch mehr von dir wissen. Was isst du gerne? Pizza?«

»Jep, mit Tomaten, aber nicht mit Champignon und Schocken.«

»Was ist das?«

Leander hat es gehört und lacht. »Er meint Artischocken.«

»Sag ich doch. Die riechen langweilig und schmecken wie gar nix.«

»Und was isst du am liebsten?«

»Schokolade mit Brezel.« Dabei fällt ihm Marie Marie ein. Er hat das Gefühl, dass die Nacht mit ihr schon lange zurückliegt. Wie es ihr wohl geht? Er will sie unbedingt bald wieder besuchen.

Sunny schaut ihn an und fragt: »Kuschelst du gern?«

»Jep, aber das weißt du schon, oder?«

»Das heißt, du bist mit Menschen auch gern körperlich zusammen?«

Er wirft ihr einen Blick zu. Fängt sie schon wieder mit dem Thema von gestern an? Doch da fällt ihm die richtige Antwort dazu ein. »Nur wenn ich mag, wie sie riechen.« Er schnuppert an Sunny und wird unsicher. Es ist ein wunderbar süßer Duft, doch etwas daran ist falsch. Ist es ein Parfüm? Er wüsste gern, wie sie darunter riecht. Dann wäre es bestimmt leichter für ihn. Darüber will er unbedingt noch nachdenken. Er überhört ihre nächste Frage und schaut sie fragend an.

»Und warum magst du keinen GV?«

»Was ist das?«

»Das, worauf Schmusen hinaus läuft, also der Weg bis hin zum Orgasmus.«

»Weil ... weil der so laut ist.«

Sie wartet vielleicht darauf, dass er noch etwas hinzufügt, doch als nichts mehr kommt, fragt sie: »Und was ist dein größter Wunsch?«

»Eine Freundin zum Kuscheln.«

»So wie mich?«

Sein Mund verzieht sich zu einer Halbmondsichel. »Darf ich dich jetzt küssen?«

Sie schließt die Augen und streckt ihm die Lippen entgegen. Er spürt ihre weichen Brüste und den flachen Bauch, als er sich für einen Kuss zu ihr hinbeugt.

»Na Bruder. Alles klar?« fragt Leander und Benni schreckt hoch. Statt sich über die Störung zu ärgern, flüstert er Leander zu: »Vielleicht bleib ich mit Sunny zusammen?«

»Echt? Hast du sie schon gefragt?«

Benni lacht ein wenig und versteckt sein Gesicht unter dem Arm. Er fühlt sich, als habe ihn soeben sein eigener Mut zu weit ins Leben hinaus getrieben.

36

Auf dem Weg zurück zur U-Bahn greift Benni nach Sunnys Hand. Auch wenn ihn manch verwunderter Blick eines Fremden trifft, stört ihn das nicht. Diesmal kann ihm nicht einmal Olga seine Freundin verbieten. Er wirft Sunny sein Strahlen hinauf und sie nickt ihm zu. Dass er dabei stolpert, weil ihre Schritte einfach zu groß für ihn sind, ist nicht schlimm. Er muss besser aufpassen, wenn er mit ihr unterwegs ist. Das ist alles. »Darf ich dich jetzt auch was fragen?«

Sie nickt.

»Welches Obst magst du gern essen?«

»Das ist ein Apfel?«

»Ja. Nein. Ich mein, vom ganzen Obst. Welches magst du nicht und welches gerne?«, fragt er, bleibt dabei stehen und zieht die Augenbrauen hoch.

Sie blinzelt mehrmals. »Brokkoli.«

Er schüttelt lachend den Kopf. »Aber das ist kein Obst, das ist Gemüse.«

»Entschuldigung. Brokkoli ist ein Gemüse und Apfel ist ein Obst.«

»Genau. Aber welches magst du und welches nicht?«

»Das ist egal. Ich mag sie alle oder auch nichts davon.«

»Außer Brokkoli, oder? So wie ich. Der riecht gekocht komisch.« Er geht weiter.

Sie nickt und folgt ihm in seinem Tempo.

Sunny ist langweilig, denkt er, aber er wird es ihr nicht sagen, so höflich wie sie immer ist. »Wenn du zaubern kannst, was machst du?«, fragt er sie stattdessen.

Sie bewegt den Kopf wie auf der Suche nach einer guten Antwort. »Das ›Zaubern‹ als intransitiver Begriff bedeutet Magie anzuwenden, transitiv wird das Wort im Sinne von ›verzaubern‹ benutzt und beschreibt den Vorgang, mit Hilfe von Ablenkung und Täuschung einem Publikum Tricks vorzuführen. Zusätzlich bezeichnet ›Zaubern‹ die Fähigkeit, unter nicht optimalen Voraussetzungen oder mit bescheidenen Mitteln etwas zu beschaffen oder ein gutes Ergebnis zu erzielen.«

Er gibt einen Ton von sich, der dem »Hä?« eines Schwerhörigen ähnelt. Manche Wörter hat er nicht richtig hören können, weil Sunny oft die Endungen verschluckt, aber auch den Rest hat er nicht verstanden. Warum redet sie so? Kann sie nicht normal denken wie er? Vielleicht ist das ihre Behinderung, die sie sprechen lässt wie ein Automat, bei dem man einen Knopf drückt?

Den Rest der Fahrt mit der U-Bahn schweigen sie und auch Leander fällt nichts mehr dazu ein. Er ist froh, nach der Ankunft in der WG zum Sport aufbrechen zu können.

Benni begrüßt inzwischen ausgiebig Herrn Hasenwanz, der im Zimmer hat bleiben müssen. Sunny ist ihm gefolgt und schaut zu, bis er fragt: »Willst du schmusen?«

Sie nickt, steigt aus ihren High Heels und dem Kleid und legt den Bikini ab. Benni hält den Atem an, schüttelt die Chucks von den Füßen und lässt die Jeans darauf fallen. Er krabbelt unter die Bettdecke und rückt an die Wand. Als er die Augen aufschlägt, sieht er Sunny in einem roten Spitzenbody zu ihm gewandt liegen und ihn anlächeln. Er rutscht zu ihr hin, bis die Nasen sich berühren. Da entdeckt er sein Gesicht wie das eines Püppchens in ihren Pupillen. Das rot schillernde Seidentuch, das Sunny sich umgebunden hat, ist verrutscht und Benni sieht die Narben auf der Kopfhaut. »Das ist schön mit dir«, sagt er und nimmt einen tiefen Atemzug. Er hat den Arm um ihre Taille gelegt und streicht über den schmalen Rücken. »Warte!« Mit aufgerichtetem Oberkörper befreit er seine andere Hand, die wie von selbst den Zugang zu Sunnys weichen Mädchenbrüsten im tiefen Ausschnitt des Bodys findet. Er beugt sich zu ihnen und bedeckt sie mit kleinen Küssen. Seine Hand an ihrem Rücken ist nach unten gewandert und umfasst den festen Po. Benni fühlt sich mit den von ihrer Weiblichkeit gefüllten Händen als Gipfelstürmer, der die Verwirklichung seiner kühnsten Träume erlebt. Doch statt den nahen Gipfel zu erstürmen, lässt er sich mit einem Seufzer zurückfallen. Er spürt, wie Sunny sich zu ihm beugt.

»Alles gut?« fragt sie mit ihrer vernuschelten Stimme.

»Ja, ja. Alles fein. Das war wunderschön.« Auch wenn er ahnt, dass sie mehr von ihm erwartet, ist er ganz und gar glücklich und wünscht sich, sie von hinten umarmen und an ihrem Rücken gekuschelt liegen zu dürfen. Doch bevor er ihr das sagen kann, hört er sie wieder sprechen, als würde sie etwas aus einem Buch vorlesen.

»Rund ein Prozent aller Menschen in Deutschland bezeichnen sich als asexuell. Viele davon sind romantisch veranlagt und kuscheln und küssen gerne. Sie müssen dann innerhalb einer Beziehung Kompromisse finden. Oder sie suchten sich von vornherein einen ebenfalls asexuellen, aber romantischen Partner.«

Er weiß auch diesmal nicht, was er dazu sagen soll. Doch dann fällt ihm etwas ein. »Und du? Wie bist du?«

»Ich bin nach Möglichkeit genau so, wie du es dir wünschst. Du musst dir tatsächlich keine Gedanken wegen mir machen. Es geht ausschließlich um dich.«

Darauf weiß er keine Antwort. Eigentlich ist es perfekt, was sie sagt, doch etwas daran gefällt ihm nicht. Er will unbedingt darüber nachdenken, um es herauszufinden.

37

Nachdem Amy Gemüserisotto gekocht und mit Benni zusammen davon gegessen hat, setzen sie sich zu Sunny ins Wohnzimmer. Im Fernsehen läuft ein Quizduell, bei dem sie jede Antwort weiß, außer der einen, die Benni richtig beantworten kann. Er ist mächtig stolz darauf, dass auch die Kandidatin im TV die Antwort auf die Frage, ob Katzen miauen, um bei den Menschen Aufmerksamkeit zu erregen, nicht weiß. Herr Hasenwanz bestätigt Bennis Lösung mit einem Maunzen.

»Guten Abend« sagt Louis, als er nach Hause kommt und die lebhafte Runde antrifft. Unschlüssig bleibt er an der Tür stehen. Seine Augen verziehen sich zu Schlitzen und die Schultern hängen an einem runden Rücken, wie ihn sehr große Menschen häufig haben. Als er am Ende der Sendung die gewünschte Aufmerksamkeit erhält, kündigt er an, dass Sunny ihn am nächsten Tag ins Institut begleiten wird.

»Ich komm mit?«, fragt Benni nach einem verblüfften Augenblick.

»Nein, das geht nicht«, sagt Louis.

»Ich will aber nicht, dass sie weggeht. Weil ... Ich will Sunny heiraten.«

Nun ist Louis derjenige, der verblüfft innehält. »Das willst du? Und was sagt sie dazu?«

»Ich hab sie noch nicht gefragt«, stammelt Benni. »Aber ich kann das machen.«

Sunny scheint nicht wahrzunehmen, dass alle sie ansehen und greift nach der Fernsehzeitung. Keiner sagt etwas. Louis verlässt das Wohnzimmer und Amy folgt ihm. Zurück bleiben Sunny und Benni, der ihren Blick sucht.

Plötzlich hat er das Gefühl, in dem mit Kommoden und Schränken voll gestellten Wohnzimmer keine Luft mehr zu bekommen. »Gehen wir raus?«

Sie zuckt mit der Schulter und erhebt sich.

»Weil ich dich noch was fragen will«, fügt er hinzu und spürt plötzlich eine Welle von Traurigkeit in seinem Bauch heranrollen.

»Wohin gehen wir?«

Sein Blick gleitet durch das Zimmer und bleibt an der Balkontür hängen. Ein Seil hängt davor, das er löst und auf die Klinke drückt, die nachgibt. Er macht den Schritt auf den schmalen, schwach beleuchteten Balkon hinaus und atmet tief ein. Der Wind, der den Fichtenduft zum Haus herüberträgt, streichelt sein erhitztes Gesicht. Benni schnuppert. Eine metallisch riechende Prise vom Eisengeländer lässt seine Nasenflügel vibrieren. »Alles wird gut«, sagt er leise und legt die Hand auf den Bauch. Er steht an der kalten Hauswand, spürt durch das T-Shirt die groben Körner des Putzes und schaut in die Finsternis der Baumkronen, hinter denen die Lichter der Stadt blinken. Ihre Geräusche verschmelzen zu einem gleichmäßigen Rauschen.

Sunny ist ihm nachgekommen und stellt sich vor ihn. »Was willst du wissen?«

»Wie alt bist du?«

»24«

»Das ist mehr als ich, oder?«

Sie nickt. »2003 gab es in den USA bereits etwa 3 Millionen Paare, bei denen der Mann mindestens sechs Jahre jünger als die Frau war. Außerdem bist du in vier Jahren älter als ich.«

»Du lügst«, sagt er und spürt, wie die Traurigkeit im Bauch anwächst und sich verändert.

»Nein. Ich lüge nicht. Ich bleibe immer 24, verstehst du?«

»Das glaub ich nicht.«

»Warum ist das wichtig?«

Er presst die Hände zusammen, um das Zittern zu beenden. »Vielleicht bist du gar nicht ...«

Sie schüttelt den Kopf. »Ich bin deine Freundin, oder?«

'»Aber du bist komisch.«

»Findest du? Vielleicht, weil du nicht genug über mich weißt.«

»Nein. Das ist, weil ich dich nicht riechen kann. Das mag ich nicht.« Er schnauft und wendet sein Gesicht ab.

»Gerüche sind irrelevant. Ein neuer Geruch lässt bereits nach 20 Sekunden in seiner Intensität nach und ist nach drei Minuten quasi nicht mehr wahrnehmbar.«

»Ich rieche viel, aber bei dir nur Sachen vom Waschen und Parfüm.«

»Ja und? In Europa haften annähernd allen Menschen diese Duftstoffe an.«

»Aber noch dazu der Geruch vom Mann oder von der Frau. Du riechst gar nicht.«

»Du bist ein Fall von Double bind, das heißt, du gibst widersprüchliche Botschaften und weißt im Grunde genommen nicht, was du willst. Du möchtest mich zur Freundin haben und lehnst mich gleichzeitig ab, weil ich nicht genug rieche. In Wahrheit hast du Angst vor einer festen Bindung.«

Er hält sich die Ohren zu. »Du redest zu viel und ich kenn' mich nicht mehr aus.«

Sie streckt die Hände aus und geht einen weiteren Schritt auf ihn zu. »Sei doch froh, dass du mich getroffen hast! Du kannst mich alles fragen und ich helfe dir dabei, die Welt zu verstehen.«

Das, was sie sagt, gefällt ihm, aber er ist sich nicht sicher, ob das richtig ist. Sie weiß so viel und logisch ist das gut. Doch wenn er nicht versteht, was sie damit meint, macht es ihn nur verwirrt im Kopf. Ob sie was über Papa weiß? Benni schaut auf ihren weichen Pullover, der von der Wohnzimmerlampe hinter dem Fenster angestrahlt wird. Sein schönes Pink hat die Dunkelheit zu einem blassen Beige gemacht. Er hebt den Kopf und begegnet Sunnys Blick unter den Wimpern, die immer gleich dicht und schwarz sind. »Weißt du was von meinem Papa? Warum der tot ist?«

Sie hebt kurz die Schultern und lässt sie wieder fallen. »Louis hat mir die Daten deiner Eltern gegeben. Zu deinem Vater kann ich dir nur sagen, dass Obdachlose im Schnitt 30 Jahre früher als Normalbürger sterben. Die Gründe dafür sind vielfältig. Alkoholvergiftung, Unterkühlung, Gewalteinwirkungen und unbehandelte Krankheiten. Dein Vater konnte oder wollte die Rückkehr in ein bürgerliches Leben offensichtlich nicht mehr schaffen.«

Benni hält den Atem an. Meint Sunny, dass sein Papa selbst daran schuld ist, dass er tot ist? Ihr Gesicht nähert sich und die kalten Finger liegen auf seinen Oberarmen. Ihre Augen sind wie Teller, in deren Mitte sich die Lampe hinter der Scheibe spiegelt. Sie schauen tief in Benni hinein, ohne dass er sich davor schützen kann. Die Angstwut in seinem Bauch ist zu einer Feuerkugel geworden, die sich immer schneller dreht und ihm die Luft abschneidet.

›Lass mich los!‹ schreit es in seinem Kopf und dann sagt Benni es auch laut und stößt Sunny mit den Händen von sich weg.

38

Danach weiß er nicht mehr, wie das, was geschehen ist, passieren konnte. Er hat es weder geplant noch gewollt. Doch er hat es getan und Panik erfasst ihn wie ein Sturm, der ihn mit sich reißt. Widerstand ist zwecklos und Benni fühlt sich in einem Strudel versinken. Er klammert sich an den einen Gedanken, zurück in sein Zimmer zu rennen und nach dem Rucksack und der Tasche mit Herrn Hasenwanz zu greifen.

Als er damit durch den Gang auf die Wohnungstür zuläuft, hört er im Badezimmer den Föhn und aus dem Zimmer von Louis die Stimme des Fernsehsprechers. Das Zufallen der Tür gibt ein Schnappen von sich, doch niemand öffnet sie hinter ihm. Er drückt den Schalter, das Licht flackert auf und erhellt das Treppenhaus. Vielleicht wird es während des Abstiegs verlöschen. Deshalb ruft Benni lieber den Lift, der seine Tür so gemächlich zur Seite gleiten lässt, als tauche er gerade aus dem Tiefschlaf auf. Das ›E‹ drückt Benni sofort nach dem Einstieg. Doch der Fahrstuhl zögert endlos lange, seinen Zugang zu schließen. Mit einem Seufzen setzt er sich in Bewegung. Er rumpelt wie über eine Straße mit Schlaglöchern, aber Benni spürt, dass er nach unten fährt und atmet auf. Die Fahrt stockt eindeutig zu früh und sein Körper bewegt sich auf die Tür zu und schwingt zurück. Wie in einer Diashow rasen durch seinen Kopf Bilder vom Eingesperrtsein, die er in Filmen gesehen hat. Die beklemmende Stille dauert, bis die Tür sich endlich stöhnend zur Seite schiebt. Hinter dem wachsenden Spalt flackert die defekte Treppenbeleuchtung wie eine offene Feuerstelle. Benni greift nach der Tasche und lässt sie wieder fallen, was Herrn Hasenwanz ein vorwurfsvolles Maunzen entlockt. Vor ihnen steht ein fremder Mann mit einem Wust an Haaren auf dem Kopf und im Gesicht. Bunte Spritzer und Wischer auf Haut, Bart und Brauen geben ihn ein kriegerisches Aussehen. In der Hand hält er Latten, die Benni anstarrt und dabei das »Dobra večer« des Mannes überhört. Der Hüne steigt in den Lift, der plötzlich viel zu eng ist. Ein Geruch von Salbei und Terpentin macht sich breit und Benni drückt sich an die Wand. Er meint, ersticken zu müssen. Der Lift fährt mühsam los und hält kurz darauf wieder an. Der Spalt ist noch nicht wirklich breit genug für ihn, als Benni schon den Schuh dazwischen stellt, um die Kabine zu verlassen. Als er auf die Haustür zuläuft, hört er den Mann hinter sich »Doviđenja« rufen. Da fällt ihm ein, was sein Bruder über die Künstler im Erdgeschoss erzählt hat.

Draußen im Freien hält Benni inne. Über der Dämmerung, die sich auf die Umgebung gelegt hat, strahlt am kobaltblauen Himmel die Venus und ein Flugzeug blinkt rot auf seinem Weg in Richtung Osten. Er atmet tief ein und lange aus, weil manche Dinge bleiben, egal was vorgefallen ist.

39

Später erinnert sich Benni nicht mehr, wie er zur U-Bahn und zum Zug gelangt ist. Er blickt von einem Fensterplatz aus in den tiefblauen Himmel, der den aussichtslosen Kampf gegen die auf der Erde herrschende Finsternis schon ganz bald aufgeben wird.

Als Benni sich dem Wohnheim nähert, wo nur wenige Fenster erleuchtet sind, entscheidet er sich, die Nacht im Geräteschuppen des Gartens zu verbringen. Er klettert über den niedrigen Holzzaun, ertastet den Schlüssel für den Bretterverschlag und schlüpft hinein. Mit einem tiefen Seufzer lässt er sich auf einen mit Laub gefüllten Sack sinken. Herr Hasenwanz, den Benni aus der Tasche gelassen hat, kehrt nach einer kurzen Runde maunzend zurück und schmiegt sich an seinen Bauch. Bald kriecht die Kühle der Nacht unter den Holzlatten in den Schuppen und Bennis Beine hinauf. Wie gern würde er jetzt in sein Bett steigen, doch er zögert. Wenn er nur wüsste, wer gerade Dienst hat. Er könnte anrufen und es feststellen. Doch das Handy liegt noch in der WG. Also muss er bis zum Morgen warten. Er zieht aus dem Rucksack alle Sachen, die er eingepackt hat und deckt sich damit zu.

Seine Gedanken wandern zu Sunny, die vielleicht noch immer unter dem Balkon liegt. Er spürt, wie sein Kinn zittert. Er will nicht weinen, auch wenn es ihm so furchtbar leid tut, was geschehen ist. Was hat Leo gemeint, als er etwas von einem Handwerker sagte? Hätte Benni nicht auf den Balkon gehen dürfen? War deshalb der Strick vor die Tür gespannt? Warum hat Sunny das nicht gewusst? Sie weiß doch sonst alles. Aber das, was sie über Papa gesagt hat, hat ihn verletzt, auch wenn er selbst sie danach gefragt hat. Sie muss doch wissen, wie traurig das für ihn ist. Als wenn sie überhaupt nichts spürt. Genau. Das ist es. Sie hat kein Gefühl. Doch da fällt ihm ihr weicher Busen unter den Spitzen ein, den er hat streicheln dürfen. So wunderschön ist es gewesen, ohne dass er Angst hat haben müssen, dafür bestraft zu werden. Im Gegenteil. Er hätte Sunny sogar heiraten dürfen. Dann wäre sie jede Nacht bei ihm im Bett gelegen. Ein Schluchzen wie ein Steinepoltern steigt aus seinem Bauch herauf und lässt nun doch die Tränen über die Wangen laufen.

40

Vogelstimmen wecken ihn aus einem unruhigen Schlaf und lassen ihn aufatmen. Ein neuer Tag bricht an und Benni will nicht mehr daran denken, was gestern geschehen ist. Er streckt sich und denkt an das Frühstück im Wohnheim. Außerdem drückt ihn die Blase. Mit dem Rucksack unter dem Arm geht er um das Haus herum. Als er auf die Klingel drückt, kommt ihm Florian mit einem Müllsack entgegen.

»Na, schon vom Urlaub zurück?«, fragt er und lässt ihn durch die Haustür gehen.

Ohne zu antworten läuft Benni durchs Treppenhaus zu seinem Zimmer. Von der Küche her zieht Kaffeeduft durch den Gang und ihm wird ganz leicht zumute. Er ist zuhause und alles wird gut. Als er den Rucksack los ist und die Tür zum Badezimmer öffnet, sitzt Andreas dort auf dem Klo.

»Du musst die Tür zuschließen, wenn du musst«, ruft Benni, doch Andreas schüttelt den Kopf. Ob er noch immer Angst davor hat, aus dem versperrten Bad nicht mehr heraus zu kommen? Florian gelang es damals, das gekippte Fenster von außen zu öffnen und hinein zu steigen.

Mit geschlossenen Augen und ausgestreckten Armen folgt Benni dem Kaffeeduft bis ins Wohnzimmer. Dort ist Rosi gerade dabei, den Frühstückstisch zu decken.

»Benni, wieso bist scho zurück? Gestern Abend hat die

Polizei wegen dir angerufen, aber ich hab denen gesagt, dass du erst am Wochenende kommst.«

»Was will die Polizei?« Er reißt die Augen auf und presst die Hände zusammen.

»Weiß ich ned. Hast was angestellt?«

»Nein. Gar nichts. Wann kommen die?«

Rosi wirft ihm einen Blick zu und zuckt mit der Schulter. Er setzt sich an seinen Platz, schenkt sich Kaffee ein und hält das Gesicht über die Tasse. Der warme Dampf und der vertraute Geruch sind wie Rettungsanker vor dem Schrecklichen, das sich ankündigt. Plötzlich wünscht er sich, im Wohnheim bleiben zu dürfen, bei Florian, Olga, Rosi und den anderen. Doch dafür es ist sicher schon zu spät. Wenn Sunny tot ist, wird die Polizei ihn mitnehmen. Er denkt an ein Gefängnis, wo er eingesperrt wird und mit Menschen leben muss, die nicht seine Freunde sind. Ob Leo ihn dort besuchen kommt? Wer hat die Polizei gerufen? Meint die jetzt, Benni ist wie ein Verbrecher auf der Flucht? Als er merkt, dass Tränen in seinen Kaffee tropfen, trinkt er ihn rasch aus. Und als Rosi fragt, ob er mit in den Betrieb fährt, jetzt, wo er zurück ist, nickt er.

Kurz darauf sitzt er im Bus und stiert vor sich hin. Die Frau mit der roten Tasche lacht ihn an, doch er verzieht nur die Mundwinkel. In der Arbeitsgruppe ist alles wie in der Woche zuvor und sein Blick wandert immer wieder zu Marcus hin. Ob er etwas davon weiß, was in München geschehen ist? Wahrscheinlich nicht, sonst würde er ihn hinausschicken. Da entkommt ihm ein lautes Seufzen.

Marcus schaut ihn mit erhobenen Augenbrauen an. Wie gern möchte Benni dem dünnen Mann mit dem schmalen Oberlippenbart etwas davon erzählen, was er erlebt hat. Auch wenn Marcus wieder nach Lakritze riecht, die er wegen seiner Magenschmerzen oft kaut. Heute scheinen die Beschwerden besonders arg zu sein, so grimmig wie er das Gesicht verzieht.

Benni denkt an die Polizei, die im Wohnheim angerufen hat. Vielleicht vergisst sie ihn auch, weil sie noch andere Verbrecher verfolgen muss. Er stellt sich vor, Leander am Abend anzurufen und ihm zu erzählen, warum es passiert ist.

Da hört er Marcus sagen: »Benni? Auch wenn du genau genommen noch im Urlaub bist, musst du uns keine zusätzliche Arbeit machen. Die blauen Kappen gehören nicht in die rote Dose, oder?«

»Entschuldigung«, murmelt er und schüttet die Teile um.

»Übrigens. Der Chef will dich sprechen. Du kannst in der Pause zu ihm gehen, hast du verstanden?«

Über seinen Rücken läuft plötzlich ein eiskalter Regenguss, den auch der Rand seiner Kappe nicht hat aufhalten können. Hat die Polizei also hier auch schon angerufen? Es hilft nichts. Er muss sich der Situation stellen und kann nicht schon wieder weglaufen.

41

»Fein, dass du da bist, Benni. Setz dich hin und hör zu, was ich dir zu sagen habe.«

Er setzt sich auf den schönen Bürostuhl aus blauen Leder. Das riecht gut nach Kuh. Gibt es blaue Kühe? Nein. Er weiß, dass nicht die Kuh, sondern das Leber gefärbt ist.

»Ich muss dir ja nicht erklären, dass wir ein Betrieb sind, wo gearbeitet und manches hergestellt wird. Möbel für die Geschäfte und Spritzen für die Zahnärzte und andere Dinge. Ist das klar?«

Herr Grünen wartet, bis Benni nickt.

»Unsere Arbeit muss gut sein und darf keine Fehler haben, sonst bekommen wir keine Aufträge mehr. Verstehst du?«

Wieder nickt er. Das weiß er alles, und Herr Grünen weiß, dass Benni es weiß, weil er es jedes Jahr in seiner Weihnachtsrede sagt.

»Aber pass auf. Wir sind kein Café und keine Disco und kein Park zum Spazieren gehen. Also darf man hier mit den Damen nicht Händchen halten, küssen oder umarmen, auch in den Pausen nicht. Verstehst du das?«

Benni überlegt, ob er es versteht, warum das auch in den Pausen verboten ist. Da fällt ihm etwas ein. »Und der Herr Morgen und die Semmel dürfen das, weil sie nicht behindert sind?«

»Was? Wie bitte? Wer soll das sein? Ich verstehe nicht, wen du meinst, Benni.«

»Die Rosi vom Wohnheim war hier beim Marcus mit C. Sie haben sich umarmt und geküsst. Ich war in der Pause hinten bei den Bussen und hab alles gesehen.«

Herr Grünen wartet einen Moment, holt dann tief Luft und sagt: »Ich werde der Sache nachgehen, aber – pass auf, Benni. Du versprichst mir, dass du darüber nicht sprechen wirst, mit niemandem. Es bleibt unser Geheimnis. Hörst du? Gib mir die Hand drauf!« Herr Grünen streckt ihm die Hand entgegen.

Benni denkt daran, dass jetzt Rosi, Marcus, Herr Grünen und er zusammen ein Geheimnis haben. Soll er ihm sagen, dass er Geheimnisse immer verraten muss? Das geht nicht anders, doch Herr Grünen schnauft wie Olga es immer macht und will nicht warten. Also gibt ihm Benni die Hand.

»Geh zurück zur Arbeit und denk daran, was wir besprochen haben.«

Er geht die Treppen hinunter über den Hof. Warum hat Herr Grünen nichts von der Polizei, von München und von Sunny gesagt? Benni ist verwirrt und weiß noch nicht, ob er froh darüber sein soll. Eigentlich muss er aufs Klo, doch er beeilt sich, den Gang entlang bis zur Fertigung zu laufen, damit er keinen neuen Ärger mit Marcus bekommt. »Entschuldigung, ich war bisschen lang bei Herrn Grünen«, sagt er, doch Marcus schaut nur auf sein Handy. Benni atmet tief aus und ist froh, dass er ihn nicht anschaut. Vielleicht würde er an seinem Gesicht sehen, dass er vom Küssen mit Rosi geredet hat.

42

Zurück im Wohnheim redet niemand mehr von der Polizei. Rosi hat es offensichtlich vergessen und Benni fängt an, sich ein bisschen zu entspannen. Er erzählt Andreas von Sunny, die er küssen und anfassen durfte, so viel er wollte. Andreas staunt und drückt die Barbie an sich. Er hat in dieser Woche Wäschedienst und bringt Benni Socken, die nicht zusammenpassen. Einen von Bennis fehlenden Strümpfen trägt Andreas am Fuß, doch er weigert sich, ihn auszuziehen.

»Das ist gemein. Wenn du mir den nicht gibst, dann ...« Doch Benni fällst nichts ein, womit er Andreas erpressen kann. Der drückt seine Puppe an sich und verschwindet.

Am Abend hat Olga Dienst und findet die Notiz vom Anruf der Polizei. »Benni, am Montag fahren wir zusammen zur Polizeistelle, wo eine Anzeige gegen dich vorliegt. Vielleicht magst du mir vorher schon sagen, was dir vorgeworfen wird.«

Nein, das mag er mit Sicherheit nicht. Er will auch nicht zur Polizei und vielleicht ins Gefängnis. Also packt er von neuem seinen Rucksack und setzt Herrn Hasenwanz in die große Badetasche. Diesmal muss er weiter fahren als bis nach München. Er denkt daran, mit dem Zug in den Süden zu fahren, zu den hohen Bergen und dann weiter bis ans Meer. Dort war er früher manchmal mit seinen

Eltern und Leander. Seitdem ist Italien sein Lieblingsland, weil die Leute dort lustig sind und laut singen. Zuerst hat er gedacht, dass sie schimpfen, aber das stimmt nicht. Sie erzählen und sprechen mit den Händen. Er hat mit Leander ein Spiel angefangen, das »Italienisch reden« heißt. Sie haben es oft und lange gespielt und so getan, als würden sie die Sprache sprechen und verstehen können.

Jetzt, wo Benni einen Plan hat, fühlt er sich besser. Er weiß, was er noch braucht und fragt wie gewohnt nach dem Taschengeld für die nächste Woche. Dann holt er aus dem Gefrierschrank einen Laib Brot und packt ihn in den Rucksack. Das fällt den Betreuern am wenigsten auf. Er muss aufbrechen, bevor ein Anruf von Leander oder Louis kommt. Wenn die Betreuer wissen, was passiert ist, werden sie ihn vielleicht festhalten, bis die Polizei ihn abholt.

»Ich bin müde und geh schlafen«, sagt er, doch als er hinter sich die Zimmertür schließt, sieht er, wie hell es draußen noch ist. Andreas kann ihn entdecken, wenn er jetzt schon aufbricht. Erst, als er die Rollos vom Nachbarzimmer rauschen hört, öffnet er die Terrassentür. Herr Hasenwanz maunzt, doch Benni ermahnt ihn, still zu sein und drückt sich entlang der Hauswand zur Gartenpforte hin. ›Bitte lass Olga nicht zum Rauchen auf den Balkon gehen‹, schickt er ein Stoßgebet zum Himmel und erreicht ungesehen die Straße. Die Außenbeleuchtung springt an und gießt mildes Licht auf den Vorplatz. Die Dämmerung ringt mit dem Tag, der einfach noch nicht weichen will, doch unter den Nadelbäumen am Fußweg lauert schon die Nacht.

Dort entlang geht Benni zum Bahnhof und sucht das richtige Gleis, auf dem der Zug in den Süden fährt. Die Lautsprecherstimme verrät es ihm, wenn er gut zuhört. Garmisch und Innsbruck passen, hat er sich gemerkt. Ihm klopft trotzdem das Herz bis zum Hals, als der Zug angekündigt wird und einfährt. Benni steigt ein und sucht sich einen Platz an einem der Tische, auf denen die Landkarte abgebildet ist. Jetzt kann er, wenn er die Lautsprecherstimme hört und die Schilder der Bahnhöfe sieht, durch die der Zug fährt, sie mit den Namen auf der Karte vergleichen und weiß, wo er ist. Das ist beinahe schon wie ein Lesen und macht ihn ein bisschen stolz. Als der Schaffner kommt, zeigt er seinen Behindertenausweis. Herr Hasenwanz braucht keine Fahrkarte, wenn ihn Benni in der Tasche hat. Er fühlt sich gut mit seinem Wissen, schließt die Augen und denkt an Sunny.

»Erzähl mir, von was du die Narben am Kopf hast«, hat er sie gebeten und ihre schmale Hand mit den roten Nägeln gestreichelt. Sunny schlug die Augen nieder und sagte mit ihrer genuschelten Stimme etwas, das er nicht verstand. Etwas von üblicher Gewalt, die in der Hälfte aller Familien passieren würde. Da hat er sie gefragt, was sie Schlimmes erleben musste. Doch sie hat nur den Kopf geschüttelt. Und jetzt ist er – ausgerechnet er – grob zu ihr gewesen. Warum hat er sich nicht beherrschen und sie besser lieben können?

Er seufzt, öffnet die Augen und fühlt sich einsamer als je zuvor. Im Waggon sitzen keine Leute, die aussehen, als ob sie mit ihm reden wollen. Nur solche mit geschlossenen Augen oder einem Handy, auf das sie nicht aufhören zu schauen. Zum Glück hat er in seiner Tasche Herrn Hasenwanz dabei, den er an sich drückt.

Draußen kriecht die Nacht gemächlich über den Himmel, dem nichts anderes bleibt, als sich ihr hinzugeben. Bald wird die Finsternis all das Licht geschluckt haben und nur die elektrischen Beleuchtungen werden ihre Lichtkreise in die Schwärze werfen.

»Endstation. Alle aussteigen«, hört Benni die Lautsprecherstimme sagen und streckt sich im Sitz, wo er eingenickt ist. Vor den Fenstern sieht er einen beleuchteten Bahnhof. »Das ist Garmisch?«

Der Schaffner nickt im Vorbeigehen, Benni packt Rucksack und Tasche und steigt als einer der letzten aus dem Zug. Kurz darauf steht er allein vor dem Bahnhofsgebäude. Er geht hinüber zu einer freien Bank, hebt Herrn Hasenwanz aus der Tasche und lässt ihn angeleint entlangstreichen. »Sonst verlier' ich dich und bin noch mehr allein.«

Als er den Rest eines Hamburgers neben dem Mülleimer findet, bietet er ihn dem Kater zum Fressen an. Zum Dank kommt Herr Hasenwanz auf seinen Schoss gesprungen. Zugedeckt mit Jacke und Handtuch aus dem Rucksack und mit dem Tier auf dem Bauch liegt Benni schließlich auf der Bank, schaut in den schwarzen Himmel, über den graue Wolken ziehen und redet laut mit Herrn Hasenwanz. »Wir haben Glück, es regnet nicht. Morgen fragen wir, wo der Zug nach Italien fährt. Dort hängen die grünen Lieblingsäpfel an den Bäumen. Wir essen die Knödel mit gelben

Pflaumen drin und trinken Kaffee.« Sein Magen knurrt. Er bricht etwas vom Brot ab und lutscht daran. So schläft er ein.

Im Traum wird das Knurren so laut, dass er davon aufwacht. Herr Hasenwanz ist auf die Lehne der Bank gesprungen und faucht. Als Benni den Kopf dreht, atmet ihn ein offenes Maul mit ekligem Mundgeruch an und zwei grüngelb gesprenkelte Augen blicken unter buschigen Haaren hervor. Benni fürchtet sich vor Löwen und Krokodilen, aber nicht vor Hunden. »Hallo. Hab keine Angst. Ich bin Benni.«

Eine Schlabberzunge fährt ihm übers Gesicht. Er richtet sich mit einem Lachen auf und der Hund trollt sich davon. Doch Herrn Hasenwanz hört nicht auf, vorwurfsvoll zu maunzen, bis Benni die Hand nach ihm ausstreckt und ihn streichelt.

Der geschlossene Kiosk in der Dämmerung sieht aus, als würde er noch schlafen und den Autos auf dem Parkplatz dahinter fehlt die Farbe, die ihnen die Nacht geraubt hat. Im morgendlichen Nebel schlägt weich eine Kirchenglocke mehrere Male und es riecht metallisch nach Regen. Benni ist froh über das breite Dach, unter dem ihre Bank steht. Noch ist kein weiterer Mensch zu sehen, nur die Krähen auf der Oberleitung beobachten ihn und krächzen spöttisch.

43

Doch dann folgen auf den ersten Fahrgast weitere.

»Wohin fährt der Zug?«, fragt Benni eine junge Frau mit Locken.

Sie trägt kleine Kopfhörer unter ihren Haaren, von denen sie einen herausnimmt, um ihn zu verstehen. Sie schüttelt den Kopf. »Kannst du denn nicht lesen? Da oben steht's doch.« Damit wendet sie sich ab von ihm.

Sein Blick wandert zu den anderen Fahrgästen, von denen eine ältere Frau näher kommt. »Wo willst' denn hin?«

»Nach Österreich«, sagt er und atmet auf, weil gerade ein roter Zug einfährt.

»Dann musst du den Schienenersatzverkehr nach Mittenwald nehmen. Draußen vor dem Bahnhof. Der hier geht nach München. Viel Glück!«, und sie steigt ein.

Er schaut den roten Lichtern des davongleitenden Zugs hinterher. Der fährt zu Leander. Plötzlich wäre Benni gern dort. Sein Herz klopft und der Bauch drückt.

Der Himmel wird hell, doch eine graue Wolkenschicht verhüllt das Blau dahinter. Benni schultert den Rucksack und greift nach der Tasche mit Herrn Hasenwanz, der nach der verkürzten Morgentoilette zusammengerollt ein Schläfchen macht. Am Kiosk entdeckt Benni einen Mann, der

Getränke auslädt und fragt ihn nach dem Bus nach Österreich.

»Keine Ahnung. Da vorn ist eine Tankstelle. Da stehen
am Parkplatz die Lkws. Mit denen kannst du sicher mitfahren«, sagt der Mann und zeigt in die Richtung, die er meint.

Unschlüssig folgt Benni der Hand, die bereits wieder
nach den Kästen greift. Aber schon nach wenigen Minuten
hält der Pickup neben ihm und der Fahrer öffnet die Beifahrertür. »Steig ein. Ich fahr dich zur Tankstelle.«

Er stellt die Tasche in den Fußraum und steigt hinterher. Dabei denkt er an Leander, der ihn vor dem Einsteigen
in fremde Autos gewarnt hat, aber er vertraut darauf, dass
Herr Hasenwanz ihn mit seinen Krallen verteidigt, falls
jemand etwas Schlimmes will.

Inzwischen ist es hell geworden und er sieht die Tankstelle
und dahinter Lkws stehen. Als er sich bedankt und aus dem
Pickup steigt, hat er sich schon zwischen den beiden Las-
tern entschieden. Es ist der, dessen Türen zu beiden Sei-
ten weit geöffnet sind, als bräuchte das Fahrerhaus frische
Luft. Aus dem Inneren erklingt eine Stimme, die in rascher
Folge spricht. Benni nähert sich geduckt dem Fahrzeug, bis
er unter der offenen Tür steht. Es klingt italienisch. Was für
ein Glück! Auch wenn seine Kenntnisse nicht über »telefono, cappuccino, buongiorno« und »mille baci« hinausgehen, flößt ihm der Klang diese Sprache Vertrauen ein.

Der Mann am Steuer beendet das Gespräch, und Benni
hört ihn mit den Füßen auf dem Asphalt ankommen. Jetzt
oder nie. Er streckt sich, greift nach der Tür und versucht

sich daran hochzuziehen. Zusammen mit Rucksack und Tasche schafft er es nicht. Also wuchtet er Herrn Hasenwanz in den Fußraum des Beifahrersitzes und seinen Rucksack hinterher. Der Kater gibt einen vorwurfsvollen Maunzer von sich und Benni sucht mit seinem rechten Fuß Halt auf der untersten Stufe zum Führerhaus. Er schafft es und zieht sich aufatmend hinauf zum Sitz. Seine Nasenflügel vibrieren, als sie ein neuer Geruchscocktail erreicht. Er besteht aus Knoblauch, Tabak, Leder vom speckigen Lenkradbezug und einer Prise Männerschweiß. Benni sieht sofort das ›Schwalbennest‹, von dem sein Vater ihm aus seiner Zeit als Fahrer erzählte. Er wollte damals wissen, wie man in einem Lkw übernachtet. Der Vorhang zu den Sitzen ist halb zugezogen und verbirgt die schmale Matratze dahinter.

Es wird eng, doch keinen Augenblick zu früh hockt Benni mit Herrn Hasenwanz und seinem Rucksack in der Koje. Der Fahrer stellt einen Becher Kaffee in den Halter im Armaturenbrett und zieht beide Türen zu. Benni atmet das Kaffeearoma ein und stellt sich vor, wie das warme Getränk seine Mundhöhle ausfüllt und die Kehle hinunterrinnt. Er schluckt, und sein Hals schmerzt vor Trockenheit. Da beginnt der Motor laut zu röhren, hustet und wechselt in ein ruhiges Schnurren. Benni spürt das sanfte Dahingleiten des Wagens, streckt sich lang aus und setzt sich Herrn Hasenwanz auf den Bauch. Kurz bevor er wegdämmert, reißt ihn ein Chaos aus Tönen und Stimmfetzen zurück in den Lkw. Benni greift nach seinem Kater, um ihn festzuhalten. Da hat der Fahrer den gesuchten Sender bereits gefunden und Benni spürt seine Mundwinkel nach oben wandern, als Adriano Celentano sein ›Azzurro‹ durch das Fahrerhaus schickt. Er freut sich auf Italien und denkt an die Täler mit den Obstbäumen. Das Meer hat ihm damals allerdings nicht gefallen, obwohl er dort das Schwimmen lernte. Das Salzwasser roch und schmeckte so ganz anders als zuhause der See und die Wellen schwappten ihm ständig in die Nase.

44

Vom Türenschlagen wird er wach und sieht durch die Windschutzscheibe den Fahrer auf ein flaches Gebäude zugehen. Über Wolkenfetzen ragen Bergkanten mit sonnig beleuchteten Gipfeln in den Himmel. Noch scheint nicht entschieden zu sein, ob die Sonne ihre Strahlen auch bis ins Tal schicken wird.

Bennis Augen finden keinen Hinweis darauf, an welchem Ort er sich befindet. Er kriecht auf den Beifahrersitz und drückt den Türöffner. Der reagiert nicht. Eingesperrt! Schon wieder einmal. Er muss unbedingt aufs Klo. Außerdem braucht er Wasser für die Tablette.

Unter der Matratze hat Benni ein Bounty gefunden. Es roch durch seine Verpackung so wunderbar nach Kokos und Schokolade, dass er es wagte, es auszupacken. Sein Kater lehnte zum Glück ab. Doch jetzt ist der Hunger zurück und auch Herr Hasenwanz stößt gegen Bennis Bein. Der zieht den Rucksack zu sich nach vorne, schultert ihn und setzt das Tier zurück in die Tasche. »Pass auf. Wenn er den Türöffner drückt, ist er noch nicht da. Dann mach ich die Tür auf und spring raus.«

Der Kater gibt ein Maunzen von sich und rollt sich eng zusammen.

Dann geht es ganz schnell. Benni hört das Klicken der Türentriegelung, drückt auf den Öffner und streckt die Beine nach der ersten Stufe aus. Von dort springt er, knickt kurz mit dem Fuß um und beginnt auf die Büsche zu zu rennen. Hinter ihm schreit der Mann, doch er folgt ihnen nicht, sondern steigt in seinen Laster und fährt davon.

Benni lässt sich ins Gras fallen und bleibt still liegen, bis sein Herz aufhört, wie eine Nähmaschine zu rattern. Herr Hasenwanz ist aus der Tasche gekrochen und jammert. Sie haben beide Hunger, doch Benni weiß, dass in seinem Geldbeutel nur das Taschengeld für diese Woche ist. Die beiden Fünfeuroscheine müssen vielleicht noch lange reichen.

Er geht zu dem Gebäude mit den Zapfsäulen zurück und benutzt die Toilette auf der Rückseite. Herrn Hasenwanz hebt er ins Waschbecken und lässt ihn aus dem Wasserhahn trinken. Wo ist ein Hinweis auf den Ort, an dem sie sind? Die Buchstaben auf den Schildern an der Tankstelle verraten ihm nichts. Mit leerem Kopf setzt er sich auf die Bordsteinkante und lässt Herrn Hasenwanz durch die angrenzende Wiese strolchen. Die Vorstellung, sich vorn im Geschäft einen Kaffee und ein Croissant zu holen, lockt. Benni öffnet den Rucksack und sucht nach dem roten FC Bayern-Geldbeutel. Seine Hand holt einen Fan-Schal, ein Handtuch, die Boxershorts, den Ausweis und einen Tablettenblister heraus. Sonst nichts.

Die Frage, wie lang er ohne das Medikament anfallsfrei bleibt, blitzt in seinem Kopf auf. Seitdem er die Pillen nimmt, ist er davon verschont geblieben. Doch schon für heute Abend hat er keine Tablette mehr. Daran hat er beim Aufbruch nicht gedacht. Er hätte sie aus dem Betreuerschrank nehmen müssen, der jedoch immer verschlossen bleibt. So hat Benni nur noch eine letzte, die für den Urlaub in der WG gedacht war.

Aber wo ist das Portemonnaie? Er breitet alle Sachen vor sich aus und starrt sie an, um die Einsicht, dass er es verloren hat, hinaus zu zögern. Als er seine Hosentaschen kontrolliert, kommt ein Zweieurostück zum Vorschein. Da huscht ihm plötzlich der Satz, den Papa manchmal sagte, durch den Kopf. So ähnlich wie »Leben und Sterben mit ohne Geld.« Der Satz ging anders, doch Benni meint zu verstehen, dass sein Papa damals nicht mehr so sicher war mit dem Weiterleben. Vielleicht hat Sunny damit doch recht gehabt. Benni fühlt mit einem Mal gar nichts mehr in sich drin, kein Traurigsein, keinen Wunsch, keine Angst und packt seine Sachen still wieder ein.

Da zuckt die Leine und ihm fällt ein, dass Herr Hasenwanz ihn braucht. Ihm zuliebe darf er nicht aufgeben, auch ohne Tabletten und Geld nicht. Doch er weiß nicht, wie es weitergehen soll. Nirgends sieht er einen Lkw mit offenstehenden Türen oder nette Leute, die ihm zulächeln. Er traut sich plötzlich nicht mehr, Fremde anzusprechen. Immer wieder geht er zur Toilette und hofft, jemanden zu treffen, der ihm helfen mag. Als sein Bauch vom Wasser gurgelt und der Kopf sich schwindelig anfühlt, geht er auf die Büsche zu, die die Wiese hinter der Tankstelle begrenzen. Hier ist das Gras hoch und der Boden weich. Dahinten sieht er goldgelbe Getreidefelder bis hin zu einem dunklen Wald. Benni legt sich den Rucksack unter den Kopf und schließt die Augen. Er kaut ein Stück vom trockenen Brot und atmet den warmen Duft von Herrn Hasenwanz ein, der vor ihm unten den Büschen liegt.

Plötzlich färben sich die Felder scharlachrot. Unter den Nadelbäumen dahinter lauert dunkelviolett eine bedrohliche Dämmerung, die rasch näher kommt. Er kann sich nicht bewegen. Sein Kopf fühlt sich an wie in einen Backofen gepresst. Dann hat Benni auch noch Rauch in der Nase. Er reißt den Mund auf, doch da sind keine Wörter drin zum Schreien.

»Was ist mir dir los? Du bist ja knallrot. Hast ein Sonnernstich, oder?«

Als er die Augen öffnet, schaut er in das schmale Gesicht eines älteren Mannes, der eine kurze, braune Zigarette raucht und nach Gewürzen riecht.

»Kommst klar? Geh zur Tanke. Ich muss weiter.«

Benni nickt und atmet auf. Wie viele Stunden hat er geschlafen? Seine Kappe ist ihm vom Kopf gerutscht und liegt zerknautscht unter ihm. Die Sonne ist gewandert, doch das Feuer und die Dunkelheit sind verschwunden. Seine Beine schlafen noch und er braucht einen Moment, um auf die Füße zu kommen. Herr Hasenwanz schlüpft unter den Büschen hervor und maunzt vorwurfsvoll.

45

Benni hebt seinen Rucksack auf den Rücken, bückt sich nach der Leine und spürt das Zittern. Friert er? Aber es ist noch immer warm, auch wenn die Sonne schon langsam vom Himmel heruntersteigt.

Als Benni zurück in der Toilette vor dem Spiegel steht und Wasser trinkt, fühlt er sich wie ein geplatzter Luftballon. Er muss sich wieder hinlegen und geht hinaus vor die Tür. Den Kopf auf den Rücksack gebettet streckt er sich längs der Bordsteinkante auf dem Boden aus. Erfrieren oder verhungern wird er in der kommenden Nacht sicher nicht, doch er denkt an die Schilderungen von epileptischen Anfällen, bei denen die Betroffenen erstickten. Trotz der abgrundtiefen Traurigkeit, die ihn in ihren Armen hält, spürt er einen Rest von Lebenswillen und dreht sich auf seine Lieblingsseite.

Als er leichte Schritte hört, öffnet er kurz die Augen. Er sieht schlanke Waden in Slippers an sich vorübergehen, doch er schafft es nicht, den Blick zu heben. Erst als er eine Tür klappen hört, schaut er auf und erkennt, dass er auf dem Bordstein vor der Damentoilette liegt. Soll er die Frau ansprechen, wenn sie zurückkommt? Was kann er sie fragen? Was klingt nett auf Italienisch, damit sie nicht einfach weitergeht? Er richtet sich zum Sitzen auf, und Herr Hasenwanz springt auf seinen Schoß. Gemeinsam schauen sie auf die weiße Tür mit der kleinen Frauenfigur darauf.

Eine junge Frau mit lockigen dunklen Haaren tritt heraus und erwidert Bennis Blick.

»Italia? Telefono e cappuchino. Mille baci.«

»Entschuldigung. Ich spreche kein Italienisch«, sagt sie, lächelt und beugt sich zu Herrn Hasenwanz, der ein lautes Klagen von sich gibt.

»Ah, du bist deutsch. Super.« Er atmet auf und spürt erschrocken die Tränen, die ihm über die Wangen laufen. Doch es ist zu spät. Die junge Frau hat sie gesehen. »Was ist mit dir? Was ist los? Braucht ihr Hilfe?«

Das sind zu viele Fragen für ihn, der einfach mit einem kleinen »Ja« antwortet.

»Ja? Ihr braucht Hilfe? Kommst du mit auf einen Kaffee? Ich lad' euch ein. Deine Katze bekommt Milch oder so was in der Art?«

Er nickt und folgt der Frau in den Gastraum.

An der Theke fragt sie nach Katzenfutter, Cappuccini, Mineralwasser und Nussecken. »Für dich auch?«

Mehr als Nicken schafft er nicht. Als sie an einem der Bistrotische auf hohen Stühlen sitzen, findet er seine Sprache wieder und erzählt, dass er nach Italien fährt.

»Und jetzt bist du auf der Rückreise?«

Er schüttelt den Kopf. »Ich weiß nicht, wo wir sind, weil ich nicht lesen kann.«

»Alles klar. Ihr seid nicht weit von Rosenheim entfernt.«

»Das ist Deutschland?«

»Ja klar. Wohin genau willst du denn mit deiner Katze?«

»Das ist Herr Hasenwanz, keine Katze.«

»O Entschuldigung. Ich bin übrigens Hanna«, sagt sie und streicht sich durch die dunklen Locken.

»Schön. Ich bin Benni Kimberling.« Er fühlt sich gut neben Hanna und hat plötzlich den Wunsch, bei ihr zu bleiben, bis er eine Lösung gefunden hat. »Wo fährst du hin?«

»Heute nur noch nach Augsburg und morgen nach Berlin zu meinem Freund.«

»Wo ist Augsburg?«

»Etwa 70 Kilometer hinter München. Und wo wollt ihr hin?«

Durch Bennis Kopf laufen im Schnelldurchlauf die Erlebnisse der letzten Tage. Sie schrumpfen zusammen wie Sabines Pullover, der in der Waschmaschine zu klein wurde, wo Olga ihn hineingesteckt hatte. Das, was davon übrigbleibt, ist das Wort ›Daheim‹. Er wird sich dem, was geschehen ist, stellen. Falls ihn alle wegschicken, bleibt ihm das Gefängnis zum Wohnen. Wenn ihn dort keiner besucht, hat er noch Herrn Hasenwanz. »Darf man im Gefängnis einen Kater haben?«

Hanna lacht. »Wie kommst du da drauf? Hast du was verbrochen?«

»Ich weiß nicht, vielleicht nicht«, sagt er rasch, um sie nicht zu erschrecken.

»Also was ist? Soll ich euch in Richtung München mitnehmen? Ich fahre jetzt.«

Er stellt die Tasche mit Herrn Hasenwanz und seinen Rucksack auf die Rückbank und nimmt Platz auf dem Beifahrersitz. Hanna setzt eine Brille mit blauem Gestell auf, gurtet sich an und startet den Motor. »Auf geht's! Du sagst mir nachher, wo ich euch rauslassen soll. Gut?«

Er nickt und ist froh, diese Entscheidung getroffen zu haben. Vielleicht wird alles andere jetzt auch gut. Nach einem tiefen Atemzug sagt er: »Du siehst bisschen aus wie meine Freundin.«

»Tatsächlich?«

»Jep. Die Augen und ... groß. Du riechst wie Orangen und ... bisschen Lebkuchen.«

»Echt? Und wie riecht deine Freundin? Sicher auch gut, oder?«

Benni zögert. Erst als Hanna ihm einen Blick zuwirft, sagt er: »Gar nicht. Ich kann sie nicht riechen.«

»Ups. Das klingt komisch. Aber sie ist deine Freundin, oder? Das klingt, als würdest du sie nicht mögen.«

Er atmet hörbar ein und wieder aus. »Ich weiß nicht. Ich weiß gar nix. Sie ist kaputt.« Und von neuem laufen ihm Tränen über die Wangen, die er nicht zurückhalten kann.

Hanna setzt den Blinker und fährt in eine Parkbucht hinein. Als der Wagen steht, fragt sie: »Willst du erzählen, was passiert ist?«

Ein heftiges Kopfschütteln ist seine Antwort. »Ich bin weg wegen Sunny. Aber jetzt will ich zurück. Bitte!«

»Bist du sicher?« Hanna schaut in den Rückspiegel und fädelt den Wagen neu in den Verkehr zur A8 ein. »Wenn du reden magst, tu es. Ich hör einfach zu, gut?«

Er schnieft und nimmt hörbare Atemzüge. »Ich will

nicht, dass Sunny kaputt ist. Alles soll wieder wie vorher sein.«

»So geht es den meisten Menschen. Es ist schlimm, jemanden zu verlieren, den man mochte. Doch das Wegfahren hilft nicht. Der Schmerz kommt einfach mit, egal wohin du gehst. Deine Trauer sucht und findet dich, egal, wo du bist. Trauer ist das gleiche wie Liebe, verstehst du? Ohne Liebe hast du keine Trauer. Also hast du Sunny geliebt und es ist wichtig, für die Verabschiedung bei ihr zu sein und ihren Körper zu seinem Platz im Grab zu begleiten.«

Benni hängt an ihren Lippen wie an seinem Leben und fragt: »Warum weißt du das?«

»Ich begleite Menschen, die so was erleben.«

Dann sagt er nichts mehr bis zur Münchner Stadtgrenze. Da sagt Hanna: »Wir sind jetzt in der Rosenheimer Straße. Kennst du dich aus im Verkehrsnetz?«

»Ich weiß viele S-Bahnen in München.«

»Super. Dann lass ich dich am Karl-Preis-Platz raus. Da fährt, meine ich, die U2.«

»Die ist rot, ich weiß. Die fährt zum Hauptbahnhof.«

Als der Wagen hält, beugt sich Hanna zu ihm hinüber. »Benni, es war mir ein Vergnügen, dir und Herrn Hasenwanz begegnet zu sein. Ich wünsch euch alles erdenklich Gute!«

Seine Nasenflügel zucken und erinnern ihn wieder an Lebkuchen mit kandiertem Orangeat. »Ich dir auch. Und schönen Gruß an dein' Freund. Er soll dich immer lieben und nicht an die Trauer denken.«

Dann steht Benni mit Rucksack und Tasche am Straßenrand und winkt. Er fühlt sich gut. Da fällt ihm ein, dass er Hanna nichts von seiner Behinderung gesagt hat. Vielleicht hat sie gar nichts davon gemerkt? Er hört die Hupe ihres Autos und lacht.

46

Am Hauptbahnhof wartet der richtige Zug zum Wohnheim. Als Benni einsteigt, empfängt ihn der vertraute Geruchscocktail. Etwas Fischiges von den fabrikneuen Polstern, dazu Essig, der vielleicht von der Reinigung stammt und außerdem der Schweiß der Fahrgäste. Heute liegt eine Spur von nassen Hundehaaren darüber und Benni geht Herrn Hasenwanz zuliebe ins nächste Abteil. Er lässt sich auf den Sitz fallen und schnuppert an der Rückenlehne. Sie riecht nach Heimkommen und Benni atmet erleichtert auf. Er greift in die Tasche neben sich und streicht über das Fell des Katers. Unter Tausenden von Tieren würde er das seidige Haar von Herrn Hasenwanz erkennen.

Der maunzt Benni mit einem zustimmenden Ton an.

»Du weißt schon, wir fahren nach Hause zu Olga und Andreas und deinem Platz im Schrank, okay?«

Vor den Fenstern des Zuges gleiten moderne, gleichförmige Wohnblocks und S-Bahn Stationen mit wartenden Menschen vorbei. Der Zug beschleunigt und hält kurz darauf in Pasing. Links liegen die Arkaden, ein Kaufhaus, das Benni mit seiner Konsumfülle verwirrt hat, als er vor Jahren einmal mit Leander zum Hoseneinkauf dort war. Rechts vom Bahnhof sieht er ein Lokal liegen und denkt daran, mit Sunny dort einzukehren. Doch dann kommt die

Erinnerung an das Geschehene mit einem Schlag zurück. Sein Bauch fühlt sich plötzlich an, als ob er voller Eiszapfen sei und schrumpfen würde. Etwas kriecht von dort den Hals hinauf in Bennis Kopf. Was, wenn das ein Anfall ist? Benni atmet flach und fixiert die Sitzlehne vor sich. In dem Moment spürt er Herrn Hasenwanz seine Hand lecken. »Du hast recht, alles wird gut«, sagt Benni und lehnt sich zurück.

Als er aussteigt, empfängt ihn ein honigsüßer Duft und er denkt an ein Feld voller erblühter Rosen. Doch es ist die Bäckerei, die mit ihren letzten Quarkbällchen vor Ladenschluss lockt. Warum sollte Benni nicht seine letzte Münze dafür ausgeben, um Olga gestärkt entgegenzutreten?

Er kauft eines der Teilchen, zerkaut und schluckt es, ohne zu genießen, während er durch die Dämmerung den Weg entlang zum Wohnheim läuft. Dort angekommen drückt er die Klingel des obersten Stockwerks statt vom Erdgeschoss, um Zeit zu gewinnen.

»Wer ist da?«

»Ich bin' s.«

Der Türöffner summt und er zieht an der Klinke. Während die schwere Tür hinter ihm zufällt, steht und lauscht er. Fernes Stimmengewirr, das Klappern von Tellern, ein Fetzen von Radiomusik, ein einzelner Ruf, ein harter Aufschlag, darauf leises Weinen. Seine Nasenflügel zucken und er riecht die vertraute Mischung von gekochtem Gemüse, Putzmittel und Klo. Er ist zuhause und kommt sich gleichzeitig vor wie ein Anderer. Wie mit fremden Augen betrachtet er den feinen Wandputz im Treppenhaus und die Uhr, für die er den Kopf in den Nacken legt. Er weiß nicht, welche Zeit sie ihm zeigt, doch er hört ihr Klacken und sieht, wie der lange Zeiger einen Sprung macht. Bis zu seinem nächsten Hüpfen will er warten und dann die Glastür zur Gruppe öffnen.

Andreas kommt den Gang entlang gelaufen mit der nackten Barbie in der Hand. »Benni ist da«, ruft er und rennt zum Betreuerzimmer, in dessen Türrahmen Olga steht.

»Wie gut, dass du wieder da bist.« Olga breitet die Arme aus, als Benni auf sie zukommt. Als sie sein Gesicht sieht, lässt sie die Hände sinken. »Komm herein und du Andreas, bleib bitte draußen.« Sie zeigt auf den Sessel vor dem Schreibtisch, wo Benni noch nie gesessen ist, und nimmt auf dem Besucherstuhl Platz. »Bist du in Ordnung?«

Er nickt. Eigentlich hat er Vorwürfe erwartet für das Falsche, das er gemacht hat. Deshalb macht ihn ihre Frage innen ganz weich und er hat Angst, schon wieder weinen zu müssen. »Die Tablette. Ich muss die nehmen. Hab keine mehr gehabt.«

Olga geht an den Schrank und sperrt ihn auf. »Stimmt. Gut, dass du dran denkst.« Sie reicht ihm aus dem Blister eine weiße Pille und dazu ein Glas Wasser.

In der Tasche, die an der Tür abgestellt steht, maunzt Herr Hasenwanz.

»Aha, da ist noch jemand, der Wasser braucht«, sagt Olga, greift nach der Blumenschale vom Fensterbrett, füllt sie unter dem Hahn und stellt sie auf den Boden.

Benni ist überrascht, wie lieb sie diesmal zu seinem Kater ist.

»Jetzt erzähl mal. Was hast du erlebt?«

Er nimmt einen tiefen Atemzug und spürt, wie das Korsett, das Olga ihm immer anzulegen versuchte, brüchig wird. Sie ist viel netter heute, doch er weiß noch nicht, was er ihr erzählen soll. »Ich hab mich nicht mehr ausgekannt mit Sunny. Sie ist toll, aber sie hat gesagt …« Plötzlich mag er nichts mehr erzählen und fragt: »Gehst du mit mir zur Polizei oder muss ich allein?«

»Das hat sich erübrigt. Deine Therapeutin hat die Anzeige zurückgezogen und bittet dich darum, sie anzurufen.«

Er versteht nichts mehr und schüttelt den Kopf, doch da fällt Olga noch etwas ein. »Dein Bruder war da und hat dein Handy vorbeigebracht. Er macht sich Sorgen um dich. Magst du ihn gleich anrufen?«

»Später. Ich muss nachdenken. Mein Kopf ist ganz durcheinander.« Er steht auf und geht mit dem Rucksack den Gang entlang zu seinem Zimmer. Herr Hasenwanz folgt ihm, schlüpft in den Schrank und knabbert laut am Trockenfutter.

Als Olga kurz danach an der Tür klopft und den Kopf hereinstreckt, liegt Benni in seiner Kleidung im Bett. »Darf ich reinkommen?«

Er nickt und Olga setzt sich in den Fernsehsessel. »Hast du etwas zu Abend gegessen oder hast du noch Hunger?«

Er schüttelt den Kopf. »Hab schon gegessen. Aber ich bin traurig.«

»Wegen der Freundin?«, fragt Olga.

»Das geht nicht mit Freundin. Ich weiß nicht, warum. Ich mag schon Frauen, aber ...«

Olga streckt die Hand aus, um ihm über den Kopf zu streichen, doch sie entscheidet sich dagegen. »Das tut mir Leid. Sollen wir morgen etwas zusammen kochen?«

Er lacht ein wenig. »Du hast Ingwer gegessen?«

Als Olga nickt, schwingt er die Beine aus dem Bett. »Morgen machen wir Pasta Rabarba?«

Sie lacht. »Du meinst Arrabbiata? Gut. Und sobald dein Handy aufgeladen ist, rufst du deinen Bruder an.«

Er erreicht Leander bereits nach dem ersten Läuten. »Hallo Bruder.«

»Benni. Bist du zurück im Wohnheim?«

»Jep. Bin wieder da und nicht in Italien.«

»Warum wolltest du da hin?«

»Wegen Sunny. Ist sie jetzt kaputt?«

»Irgendwie schon. Louis hat sie mit ins Institut genommen.«

»Ist er sauer? War er bei der Polizei?«

Leander lacht. »Wie kommst du da drauf? Nein. Er will aber mit dir sprechen. Du sollst ihm helfen bei seinen Forschungsergebnissen.«

Benni weiß nicht, was das bedeutet und wartet darauf, dass sein Bruder weiterredet.

»Es ist in Ordnung, dass es mit euch beiden nicht geklappt hat. Louis hat dich absichtlich nicht darüber aufgeklärt, dass Sunny kein Mensch ist, verstehst du?«

»Sie ist nicht echt?«

»Genau. Und er will wissen, ob und wann du das gemerkt hast.«

»Ich kann sie nicht riechen.«

»Gut. So was will er sicher von dir erfahren. Dann hilfst du ihm, was man vielleicht noch besser machen kann, damit Roboter Menschen helfen können.«

»Und Sunny? Die ist nicht dabei?«

Wieder lacht Leander. »Du willst sie auf keinen Fall mehr treffen, oder? Musst du auch nicht. Louis hat sie sicher schon befragt.«

»Hat sie geschimpft auf mich?«

»Weiß ich nicht. Da musst du Louis fragen. Also geb ich ihm grünes Licht für das Treffen mit dir?«

»Jep. Und sag einen schönen Gruß an ihn und auch an Amy. Entschuldigung, dass ich nicht Tschüs gesagt habe.« Mit einem Juchzen hebt er Herrn Hasenwanz auf das Bett und prustet ihm in sein Fell, bis es dem Kater zu viel wird und er flüchtet.

47

Am nächsten Tag nutzt er die Brotzeitpause dafür, am Waschbecken im Männerklo auf Marcus zu warten. »Ich muss dir was sagen wegen Geheimnis«, flüstert Benni.

Marcus starrt ihm einen Moment ins Gesicht. »Geheimnis? Was redest du da?«

»Ich hab es gesagt, weil ich nicht anders kann. Ich hab mit Herrn Grünen geredet.«

»Wie bitte? Du hast echt ...?«

Er nickt. »Entschuldigung, aber das geht nicht anders.«

»Gut, dass ich das jetzt weiß.« Marcus kaut an seiner Unterlippe und Benni atmet tief ein. Er mag den Geruch von Marcus, der ihn neben der Lakritze an die Gitanes Zigaretten erinnert, die sein Papa geraucht hat.

Da hört er Marcus sagen: »Ich werde mit dem Chef reden. Das hat Konsequenzen für dich, wenn du was Falsches herumerzählst. Du wirst dich öffentlich entschuldigen müssen. Mach dich darauf gefasst!«

Was meint er damit? Benni weiß keine Antwort und sieht die Tür hinter Marcus zufallen.

48

Zu einem Treffen mit Louis im Institut kommt es leider doch nicht, doch er ruft Benni an. »Darf ich dich zu deinen Erfahrungen mit Sunny befragen? Ich würde in meinen Untersuchungen gern deinen Namen nennen. Wie stehst du dazu?«

»Ich mag das gern. Mein Name ist Benni Kimberling.«

»Oh, das weiß ich schon, aber ich werd' ihn trotzdem gleich notieren. Dann stell' ich dir jetzt Fragen und du beantwortest sie. Falls du etwas nicht verstehst, frag' nach, okay?«

»Jep.«

»Das ist die 1. Frage: Wie wirkte Sunny auf dich beim ersten Kontakt?«

»Sie ist echt hübsch und ... toll, aber bisschen groß.«

»Aha. Na gut. Jetzt folgendes: Sie trug ein Kopftuch. Wie war das für dich?«

Benni zögert und sagt dann: »Das war ein sehr schönes Tuch aus Seide. Ich hab gedacht, dass Sunny in die Moschee geht. Leander hat mir das gesagt bei anderen Frauen auf der Straße, aber dann hab ich den Kopf gesehen mit ohne Haare.«

»Gut. Eine weitere Zusatzfrage: Hat es dich gestört, dass Sunny undeutlich spricht?«

»Nein. Ich war froh, dass sie auch bisschen behindert ist, so wie ich.«

»Stimmt. Du warst ja sogar verliebt in sie und wolltest mit ihr zusammen bleiben. Doch nun zur 2. Frage: Was war für dich schwierig im Kontakt mit Sunny?«

»Dass sie so groß ist, das war nicht schön für mich. Ich kann beim Spazierengehen nicht den Arm um sie legen. Und sie macht lange Schritte. Sie geht zu schnell.«

»Okay, das verstehe ich. Und sonst?«

Benni überlegt. »Ich kann sie nicht riechen. Das war komisch. Sie war nicht richtig.«

»War das der Moment, dass du bemerkt hast, dass sie kein echter Mensch ist?«

Benni weiß nicht, was er antworten soll. »Ich hab schon gedacht, dass sie eine Frau ist, aber etwas war falsch mit ihr.«

»Gut. Machen wir weiter. Fallen dir noch weitere Dinge ein, die schwierig für dich im Kontakt mit Sunny waren?«

»Sie hat viel geredet, aber meistens Sachen, die langweilig waren, mit fremden Wörtern und so. Ich mag das nicht.«

»Okay. Und noch was?«

»Wir haben gestritten, weil sie Lügen erzählt hat.«

»Wirklich? Was war das?«

»Sie hat gesagt, dass sie immer 24 Jahre alt ist. Das ist doof. Das stimmt nicht.«

»Du meinst, weil sie damit keine Vergangenheit und auch keine Zukunft hat?«

Darüber will Benni nachdenken, doch er sagt: »Genau«, weil Louis bestimmt wenig Zeit zum Warten hat.

»Und? Fällt dir noch was ein?«

»Einmal hab ich sie gefragt, warum sie nie sauer auf mich ist.«

»Und? Was hat sie beantwortet?«

Benni nimmt einen besonders tiefen Atemzug. »Gut sein bringt mehr als schlecht sein, sagt sie. Ich glaub, sie mag nicht streiten.«

»Alles klar. Und nun zur 3. Frage: Was hast du im Kontakt mit ihr gemocht, was hat dir gut getan?«

»Sie hat mich viel gefragt und immer zugehört und das ist super schön für mich. Außerdem ...«, er macht eine kleine Pause, »darf ich sie küssen und anfassen.«

»Okay«, sagt Louis. »Und durftest du noch mehr machen? Hattet ihr Sex?«

»Nein, das mag ich nicht.«

»Ach so? Grundsätzlich nicht? Hast du das Sunny gesagt?«

»Nein. Ja. Ich weiß nicht. Des mag ich nicht.«

»Okay. Alles klar. Danke, Benni. Das ist ein guter Input für mich, den ich für meine Arbeit verwenden kann.«

»Ich danke dir auch dafür«, sagt er und beendet das Gespräch.

49

Benni trifft Olga im Büro am Computer beim Arbeiten an.

»Einen Moment, bitte. Ich hab gleich Zeit.«

Er setzt sich auf den Besucherstuhl und betrachtet Olga. Sie ist seine Betreuerin, seitdem er im Wohnheim lebt. Sie entscheidet manches für ihn, was ihm oft nicht gefällt. Inzwischen ist er erwachsen und weiß, was ihm gut tut. Olga macht Sachen wie früher seine Mama und will ihm helfen. Benni glaubt verstanden zu haben, warum sie unbedingt möchte, dass er alles so macht, wie sie es will. Dann kann sie stolz auf ihn sein und den Anderen zeigen, dass sie eine gute Erzieherin ist. Aber für Benni passt das nicht mehr, auch wenn Olga darüber ärgerlich wird. Doch seit seiner Rückkehr behandelt sie ihn anders. Es ist, als wenn sie verstanden hat, dass er gut für sich selbst entscheiden kann.

Doch diesmal braucht er sie und will sie um Hilfe bitten. Ihr Gesicht sieht traurig aus. Vielleicht hat sie auch ein Problem wie Benni und niemanden, der ihr dabei hilft. Sie trägt wieder den schwarzen Pullover, auf dem weiße Krümel wie Schneeflocken liegen. Doch sie schmelzen nicht, sondern fallen aus den dunkelbraunen Haaren. Benni bemerkt, dass manche Strähnen heller als andere sind, so als würde oben am Kopf die Farbe ausgehen.

In diesem Moment lehnt sie sich im Stuhl zurück und sagt mit ihrer tiefen Stimme: »Fertig. Jetzt hör ich dir zu.« Sie schaut freundlich und bekommt im Gesicht noch ein paar Falten dazu.

Er überlegt kurz, ob er sich noch umentscheiden soll, doch dann denkt er an den letzten Satz von Marcus und sagt: »Ich hab ein Geheimnis verraten, was ich nicht darf, und jetzt muss ich bei der Arbeit Entschuldigung sagen und dass ich gelogen habe. Aber ich hab nicht gelogen, nur Geheimnis verraten.«

»Wer hat dir das mit der Entschuldigung gesagt?«

»Der Marcus Morgen mit C.«

Olgas Lippen zucken, doch sie bleibt ernst. »Du meinst den Herrn Gestern?«

»Genau.«

»Gut, dass du es mir gesagt hast. Ich kümmere mich darum.«

Er nimmt einen tiefen Atemzug und spürt den hässlichen Felsbrocken mit den scharfen Kanten von seiner Brust poltern und in kleine Steine zerfallen. Sie liegen über den Boden verteilt. Als Benni darauf tritt, weil Olga ihm mit einem Lächeln zunickt und zur Tür zeigt, zerbröselt der Rest seiner Angst zu feinem Staub.

50

»Ja?« Benni schaut zur Tür, in dessen Spalt Olgas Hakennase auftaucht.

»Ich muss was mit dir besprechen«. Olga lässt die Tür
hinter sich zufallen und er muss sofort an Marcus und die
öffentliche Entschuldigung denken.

»Keine Angst. Mit Herrn Gestern hab ich geredet und
mit Frau Weißbrot auch. Aber ich hab noch etwas anderes,
über das wir reden müssen.«

Benni stutzt, doch dann fällt ihm ein, dass er für Olgas
Kollegin Rosi Weißbrot den Spitznamen ›Semmel‹ erfunden hat. Er erhebt sich aus seinem Sessel, Olga nimmt
darauf Platz und wartet, bis er auf dem Bettrand sitzt. »Pass
auf. Es gibt eine Anzeige gegen dich von einem Münchner
Betreuer. Kannst du mir was dazu sagen?«

Er hält den Atem an. In seinem Bauch geht ein Loch auf,
das immer größer wird. Benni erinnert sich an den Geruch
von Marie Marie am Tag bei den Abfallcontainern, wo er
sich nicht mehr ausgekannt hat unter all dem fauligen
Gestank. Er schüttelt den Kopf und findet kein Wort, das
er dazu sagen könnte. Nur noch ein schlimmes Durcheinander!

»Dann fahren wir jetzt zu der Dienststelle, die mir der
Beamte genannt hat.«

»Aber ...« In ihm sträubt sich alles, das Risiko einzugehen. Was, wenn er nun …? »Du kümmerst dich um Herrn Hasenwanz, wenn ich nicht …?«

»Hast du jetzt doch ein schlechtes Gewissen? Dann sag es mir lieber gleich!«

Er schüttelt den Kopf, steht auf und folgt Olga nach draußen. Dort steigt er zu ihr in den roten Fiat und gurtet sich an. Die Polizeiwache des Ortes kennt er bisher nur von außen. Nach kurzer Fahrt parkt Olga das Auto und steigt aus. Benni hält sich dicht hinter ihr, als sie auf das schmucklose Haus zugeht und eine Frau in Uniform anspricht.

»Nehmen Sie dort drüben bitte Platz. Sie werden gleich abgeholt.«

Sein Herz klopft schon wieder einmal im Nähmaschinentakt, aber solange Olga ihn nicht allein lässt, wird er es schaffen. Er tapst hinter ihr her zu einer Sitzecke aus Plastikstühlen und einem dreieckigen Nierentisch. An der beigefarbenen Wand hängt weit oben ein Gemälde von einer langweiligen Landschaft und darunter steht eine Palme mit staubigen Blättern.

Gerade überlegt Benni, ob er das Risiko eingehen soll, sich für einen Klogang von Olga zu trennen, als ein Mann mit Schnauzer auf sie zukommt. Statt der Uniformjacke trägt er ein dunkles Hemd mit den Löwen auf dem Ärmel. Bennis Ohren rauschen, sodass er nicht versteht, was der Polizist sagt. Er riecht gut nach Deo, Seife und Pfefferminz.

Benni ist erleichtert, dass Olga und er nicht getrennt ins Vernehmungszimmer geführt werden, wie er es von den

Krimis im Fernsehen kennt. Er sieht auch keine Glaswand, durch die nur die Guten sehen können. Herr Wagner, wie der Polizist sich vorstellt, lässt sie stattdessen in sein Büro eintreten und dort Platz nehmen.

Mit ernstem Gesicht wendet er sich Benni zu: »Magst du mir erzählen, wie du den Abend und die Nacht vom 3. auf den 4. August mit Frau Elsa Dornhöfer verbracht hast?«

Es ist fast wie bei Sunny, wenn sie Dinge erzählte, von denen er nichts verstand. Er wirft einen flehenden Blick zu Olga, die Herrn Wagner anspricht.

»Entschuldigen Sie bitte. Können Sie Rücksicht darauf nehmen, dass er Schwierigkeiten mit Daten und Namen hat?«

»Hm. Na gut. Dann sag mir doch einfach mal, was du mit der Frau, die im Rollstuhl in der Sonnenpassage saß, gemacht hast?«

Benni schnauft erleichtert auf. »Ach die meinst du. Das ist Marie Marie, die in ihren Rollstuhl gemacht hat. Da hab ich sie zu Frau Dürren gefahren und geduscht und was zum Anziehen geholt. Das willst du wissen, oder?«

»Moment.« Herr Wagner hebt die Hand und wirft Olga einen Blick zu.

Die zuckt mit der Schulter und bleibt stumm.

»Benni, könntest du mich bitte mit ›Sie‹ ansprechen?«

»Okay. Du mich bitte auch. Ich bin erwachsen.«

Herr Wagner wirft einen Blick auf den Bogen Papier, den er in den Händen hält. »Alles klar, Herr Kimberling. Wenn ich Sie richtig verstanden habe, sind Sie mit Frau Dornhöfer im verunreinigten Rollstuhl zu einer Frau Dürren gefahren, um sie zu säubern?«

Benni nickt. »Genau. Aber die Frau Dürren – sie mag lieber Ger-ten-sch-lan-k heißen – richtig heißt sie Düren, ist weggefahren.«

Der Polizist nimmt einen tiefen Atemzug und lockert seinen Hemdkragen. »Dann warst du – Entschuldigung, dann waren Sie – mit Frau Dornhöfer allein, um sie zu waschen und umzukleiden?«

»Genau. Aber ich hab sie mit der Kleidung geduscht und das Handtuch gehalten und kein Licht gemacht und die Augen zugemacht beim Anziehen.«

»Und das habt ihr geschafft?«

»Nicht so gut. Marie Marie hat immer noch bisschen wie Kuhstall gerochen, aber besser geht es nicht.«

Benni fühlt sich gut, wie er Herrn Wagner Auskunft geben kann.

»Ja und dann? Wie habt ihr die Nacht verbracht?«

»Marie Marie war im Sessel mit Handtuch und ich hab auf der Liege geschlafen. Und ich hab Nudeln gekocht mit Tomatensauce. In der Küche und dann haben wir gegessen. Wie es hell war, bin ich mit Marie Marie im Rollstuhl zurückgefahren zur Passage. Der war nur noch bisschen nass.«

Herr Wagner lehnt sich im Stuhl zurück und reicht Olga Bennis Brief. »Frau Vielschneider, der ist an Sie adressiert.«

Olga wirft einen Blick darauf.

»Dieser Brief von Frau Düren steckte im Rollstuhl von Frau Dornhöfer. So erfuhr Herr Metzger, ihr Betreuer, den Namen Ihres Schützlings.«

Benni zieht die Stirn in Falten. Was ist ein Schützling? Er hat den Verdacht, dass Herr Wagner ihn damit meint. Was denkt der Mann? Dass Benni Marie Marie an der Brust angefasst hat? Er beschließt, endgültig nichts mehr zu sagen und hört Olga fragen:

»Wie äußert sich eigentlich Frau Dornhöfer zu dem, was Benni mit ihr gemacht hat?«

»Gar nicht. Dem Betreuer ist es bisher nicht gelungen, sich ein Bild zu machen.«

Da vergisst Benni seinen Vorsatz. Er muss ihnen doch erklären, wie man Marie Marie verstehen kann. »Sie sagt immer ›Nein, nein‹ und ich hab ihr gesagt, sie muss ›Ja, ja‹ sagen, wenn es gut ist. Da hat sie bisschen gelächelt.«

Der Polizist nickt Benni zu und reicht Olga die Hand. »Wenn die Untersuchung abgeschlossen ist, hören Sie wieder von uns.«

Benni klatscht vor Freude in die Hände, als er mit Olga das Gebäude verlassen darf.

Weil auch Olga über den Ausgang des Gesprächs erleichtert ist, lädt sie ihn ins Eiscafé zum Affogato, dem Espresso mit einer Kugel Vanilleeis, ein. Vielleicht hofft sie auch, dass er ihr etwas mehr von dieser Marie Marie erzählt. Doch er genießt den cremig gerührten Espresso und schweigt. Nachdem Benni die Tasse unter Olgas warnendem Blick nur ausgekratzt statt ausgeleckt hat, lehnt er sich mit einem tiefen Atemzug im Stuhl zurück. »Wir sind wieder gut?«

»Natürlich, Benni. Alles, was ich will, ist, dass du gut klar kommst im Leben.«

»Aber mit ohne Freundin.« Benni seufzt. »Warum ist das so schwer?«

»Irgendwann ist das kein Problem mehr. Du musst nur alt genug werden.«

»So wie du?«

Olga nickt. »Weißt du, es hat auch Vorteile, allein zu leben. Außerdem hast du immer die anderen im Wohnheim. Das ist gut.«

»Aber die sind nicht wie eine Freundin. Und du? Was machst du, wenn du alt bist und nicht mehr arbeitest? Du hast kein Mann, oder?«

Olga Mundwinkel sinken tief herunter, sodass Benni rasch hinzufügt: »Aber vielleicht darfst du im Wohnheim bleiben ...«

Da lacht Olga. »Ich bin es gewohnt, allein zu leben. Vielleicht kommt ja auch eines Tages mein Sohn zurück. Wer weiß. Dann muss ich zu Hause sein.«

51

»Mir ist heute Morgen was eingefallen, was ich mit dir besprechen möchte. Aber nur, wenn du mir versprichst, nicht gleich abzulehnen.« Amy sitzt am Frühstückstisch Leander gegenüber.

Der ist in die Textanalyse eines Shakespeare-Sonnets vertieft und reagiert nicht. Amy fügt deutlich betont hinzu: »Ich erinnere mich an unsere Vereinbarung, bei den Mahlzeiten aufs Lesen zu verzichten.«

Leander schreckt hoch. »Entschuldige, aber das ist ein Text für die Tutorengruppe.«

»Es gibt immer Gründe, aber genau deshalb haben wir uns ja darauf geeinigt.«

Leander legt das Skript neben sich auf die Bank. »Gut. Dann sprich, herzallerliebster Augapfel, was du mit mir zu teilen wünschst.«

Amys Mundwinkel heben sich. »Dank dem alten William entwickelt sich deine Sprache zu einer funkelnden verbalen Welt.«

»Rate mal, wie viele neue Wörter Shakespeare der englischen Sprache mit seinen Sonetts und Theaterstücken schenkte. Viele davon sind heute auch nach 450 Jahren noch immer in Gebrauch.«

»Tatsächlich? Mehrere Hundert?«

»Mehr als 1700 Wörter. Er war ein Sprachkünstler, ein ganz Großer.«

Amy nickt. »Beeindruckend. Da hab ich jetzt echt Hemmungen, mit meinem simplen Anliegen daherzukommen.«

»Nicht doch.« Leander streckt die Hand über den Tisch und streicht über Amys Finger. »Ich bin ganz bei dir.«

»Unser Wochenende mit der Gruppe steht?«

»Logisch. Davon kann mich nicht einmal der große Meister abhalten.«

»Gut. Dann hör zu. Ich möchte, dass wir Benni mitnehmen.«

Amy ist auf jede Reaktion gefasst gewesen, aber nicht darauf, dass Leander keinen Ton von sich gibt.

»Klopf, klopf. Jemand zu Hause? Fällt dir nichts dazu ein?«

»Hab ich dich richtig verstanden? Du willst Benni zum Tantra mitnehmen?«

»Genau.«

Leander bleibt der Mund offen stehen, als ob er auf eine Eingebung lauschen würde. »Und was versprichst du dir davon?«

»Lust, Freude, Ausgelassenheit, Tanzen, Kuscheln und Lachen, halt genau die Gründe, warum wir hinfahren, oder?«

»Ja aber Benni? Kann er was anfangen mit unseren Meditationen und Massagen?«

»Er hat Augen im Kopf und ist lernfähig. Und wenn er beim Meditieren einschläft, ist er mit Sicherheit nicht der Einzige, der vor sich hinschnarcht. Ist dir ja auch schon mal passiert und war nicht schlimm, oder?«

Leander grinst verlegen. »Na gut. Wenn du meinst. Glaubst du, dass die anderen Benni mit seinen Eigenheiten akzeptieren?«

»Hallo? Wir sind beim Tantra. Schon vergessen? Achtsamkeit und Toleranz. Niemand wird ausgeschlossen. Alles darf sein. Schwarz und weiß, weiblich und männlich, queer und divers, jung und alt, Weisheit und Schlichtheit des Geistes werden als gleichwertige Manifestationen der göttlichen Energie verstanden.«

»Gut, gut. Du hast gewonnen. Benni – der geborene Tantriker.«

»Hör auf. Es ist mir ernst. Dein Bruder leidet unter den Einschränkungen und Verboten, die er erlebt. Lass ihn doch mal in die tantrische Energie eintauchen und sehen, wie es ihm damit geht.«

»Überzeugt. Ich stimme hiermit zu. Falls was schief geht, stehst du allerdings dafür gerade.«

Amy zuckt mit der Achsel. Damit wird sie leben können.

52

Es ist Bennis erster Termin bei Frau Düren nach seinen Urlaubstagen in der WG und er ist darauf gefasst, dass die Therapie abgeschlossen wird.

»Heute hab ich eine Überraschung für dich. Du kannst die Jacke gleich anlassen. Wir unternehmen etwas zusammen«, sagt Frau Düren.

Benni hält den Atem an, was ihm die Röte ins Gesicht steigen lässt.

Der Logopädin fällt sein Schweigen auf und sie schaut ihn an. »Warum sagst du nichts? Ist alles in Ordnung?«

Mit einem Schnaufen lässt Benni die Schultern sinken und nimmt mehrere Atemzüge, bevor er sagt: »Frau Dürren. Ich mag keine Überraschung, wenn ich nicht weiß, ob sie mir gefällt. Gehen wir gleich los und schauen? Müssen wir schnell sein?«

Frau Düren greift nach ihrem Mantel. »Vorher treffen wir noch jemanden, den du magst.«

Benni hält inne. »Wer ist das? Ich kann nicht so viel Überraschungen aushalten. Bitte verrat' schon eine, sonst bleibt mein Herz stehen vor zu viel Aufregung.«

Sie lacht. »Keine Bange. Es sind nur schöne Dinge, die dich nicht überfordern. Lass dich einfach überraschen und komm jetzt.«

Benni spürt Unruhe im Bauch, weil er sich nicht sicher

sein kann, ob es wirklich etwas Gutes sein wird, das ihn erwartet. Doch er beschließt, Frau Düren zu vertrauen und folgt ihr die Treppe hinunter zur Straße.

Es ist Freitag Nachmittag und die Gehsteige sind voller Menschen, Kinderwägen und E-Roller. Benni blickt der Therapeutin nach, wie sie die Rolltreppe ins Untergeschoss nimmt und steigt die Treppe hinunter, an dessen Ende Frau Düren auf ihn wartet.

»Warum fährst du nicht mit der Rolltreppe?«

»Mag ich nicht. Wenn ich auf der Rolltreppe stehen bleib, läuft sie einfach weiter.«

Die Therapeutin geht die Passage entlang und biegt nach links in den Hauptgang auf die Plakatsäulen zu. Benni versucht, mit ihr Schritt zu halten. Gerade, als er ihr sagen will, dass dort immer der Rollstuhl mit Marie Marie steht, erblickt Benni sie bereits. Neben ihr sieht er einen bärtigen Mann, der ihnen entgegen schaut, als würde er auf sie warten.

Er streckt Frau Düren die Hand hin. »Bruno Metzger, der Betreuer von Elsa Dornhöfer. Gut, dass Sie sich die Zeit für uns nehmen.« Dann dreht er sich zu Benni. »Und du bist …«

»Benni Kimberling und ich hab auch die Zeit für uns genommen.«

Der Mann stutzt und nickt dann. »Sollen wir einen Kaffee trinken gehen? Vielleicht zum Starbucks?«

Benni schüttelt den Kopf. »Der Kaffee ist viel zu süß. Ich mag ein anderes Café.«

Frau Düren lächelt ihm zu. »Gut. Dann kommt mit.« Sie führt sie aus der Passage hinauf zum Lenbachplatz. Dort, am Stachus-Rondell angekommen, geht sie ihnen voraus, am Wittelsbacher Brunnen vorbei über den Maximiliansplatz bis zum Luitpoldblock. Die Laubbäume, die ihn zur Straße hin begrenzen, bewegen sanft ihre Blätter und werfen Muster auf die Bodenplatten. »E voilà!« Frau Düren zeigt mit offenen Händen auf den Platz mit den Sonnenschirmen.

Benni wählt einen Stuhl zwischen Marie Maries Rollstuhl und Frau Düren. Mit Marie Maries Betreuer kennt er sich noch nicht aus. Ihm missfällt neben dem Namen auch die herbe Geruchsmischung, die Herr Metzger verströmt. Etwas aus Nikotin und Gewürzen. Gerade lehnt er sich über den Tisch, vielleicht, um Benni ansprechen zu wollen.

Eine Bedienung kommt dazu, um die Bestellung aufzunehmen und Frau Düren schaut in die Runde. »Wollen alle Espresso?«

»Für mich Affogato«, wirft Benni ein und dreht das Gesicht zu Marie Marie. »Du auch?«

Herr Metzger schüttelt den Kopf. »Elsa bleibt beim bewährten Milchkaffee.«

Benni hört Marie Marie leise »Nein, nein« sagen und dreht den Kopf zu seiner Therapeutin. »Frau Dürren-Gertenschlank, wenn meine Therapie fertig ist, kannst du mit Marie Marie sprechen üben, bitte? Damit sie alleine bestellen kann, was sie mag?«

Herr Metzger wartet die Antwort der Therapeutin nicht ab, sondern sagt laut zu Benni hinüber: »Warum sagst du ihren Namen nicht richtig statt deinen Schmarr'n?«

»Das ist kein Schmarr'n. Die Namen haben eine Geschichte, die du nicht kennst.«

Der Mann schnaubt wie ein Pferd. »Außerdem will ich eine Antwort darauf, was du von ihr wolltest.«

Benni richtet seinen Oberkörper auf, schaut Herrn Metzger in die Augen und streckt ihm das Kinn entgegen. Leise, damit es kein Fremder hört, sagt er: »Sie hat in die Hose gemacht und einer hat sie weggefahren. Ich hab gesucht und gesucht und sie im Müll gefunden, aber ich hab nicht gewusst, was machen. Du bist der Betreuer. Wo bist du?« Er nimmt einen tiefen Atemzug und wendet sich Frau Düren zu. »Entschuldigung. Du hast gesagt, dass du wegfährst. Ich bin mit Marie Marie ins Bad und hab gewartet. Sonst ist dein Zug weg. Entschuldigung für die Handtücher und alles.«

Frau Düren nickt und legt Benni die Hand auf den Unterarm, doch Herr Metzger schüttelt den Kopf. »Was geht dich die fremde Frau an? Du kannst sie nicht einfach wegschieben.«

»Aber ich hab sie gekannt und ein anderer Mann hat sie weggefahren, vielleicht wegen Stinken. Dann war alles nass vom Duschen und muss trocknen, sonst wird sie krank.«

Als der Betreuer etwas entgegnen will, fällt ihm Frau Düren ins Wort. »Ich denke, wir beenden hiermit die Befragung. Mein Eindruck ist, dass Benni nichts Unrechtes im Sinn hatte. Ich nehme seine Entschuldigung für das Eindringen in meine Wohnung an und das sollten Sie auch tun.«

Den letzten Satz überhört Benni, weil er abgelenkt ist. Eine junge Frau ist an den Tisch getreten und setzt zwei Tassen Milchkaffee ab. In eine der Untertassen ist etwas davon übergeschwappt und die Bedienung mit einem Namensschildchen, das Benni nicht lesen kann, presst die Lippen zusammen. »Ist des schlimm?«, fragt sie zu Marie Marie gebeugt.

Die wedelt lächelnd mit der Hand zu ihrem üblichen »Nein, nein«.

Kathrin richtet sich mit einem tiefen Atemzug wieder auf.

»Darf ich helfen?«, fragt Benni und springt auf.

»Wenn du magst«, hört er sie sagen und folgt ihr. Als sie mit dem Espresso und dem Affogato zurückkommt, trägt Benni die mit Wasser gefüllten Gläser.

Herr Metzger zieht sein breites Gesicht in Falten und schüttelt den Kopf. »Wo gibt's denn so was? Dass die Bedienung Hilfe braucht.«

»Vielleicht in einem Inklusionscafè?«, fragt Frau Düren und bekommt keine Antwort.

»Die ist behindert«, flüstert Benni ihr zu.

»Und? Ist das gut?«, will sie wissen.

Er nickt. »Das ist super. Aber die darf im Café arbeiten. Warum?«

Frau Düren antwortet nicht. Stattdessen beobachtet sie Herrn Metzger, wie er Marie Marie beim Trinken hilft. »Was halten Sie davon, Ihre Betreute zu mir zur Therapie zu bringen?«

»Das bringt bei ihr nichts. Außerdem ist das für mich ein Mehraufwand an Begleitung.«

»Wird das nicht finanziert?«

Herr Metzger nuschelt: »Ich überleg' es mir. Wir müssen los.« Damit leert er seine Tasse, steht auf und reicht der Therapeutin die Hand. Benni winkt Marie Marie zu und atmet erleichtert auf.

»Der hat nicht bezahlt«, fällt ihm ein, doch Frau Düren lacht.

»Ich hab euch alle eingeladen.«

»Du gibst dem Mädchen ein Trinkgeld?«

»Ja natürlich. Übrigens heißt sie ›Kathrin‹, das steht auf ihrem Namensschild.«

Auf sein Gesicht legt sich ein Lächeln. »Kathrin ist ein schöner Namen. Ich mag wieder hierher kommen.« Er schaut Frau Düren an und wartet, dass sie zustimmt. Warum tut sie es nicht? Sie sieht aus, als müsse sie ganz viel nachdenken.

53

»Und? Wie war dein Treffen mit Frau Düren?«, fragt Olga, als Benni sich am Abend zum Küchendienst meldet.

»Gut. Wir waren Kaffee trinken mit Marie Marie, die anders heißt und mit Betreuer.«

»Hast du mit Frau Düren den Abschluss deiner Therapie besprochen?«

»Jep, aber vielleicht muss ich weiter nach München fahren, um Marie Marie zu ihr zu bringen.«

»Das macht doch sicher ihr Betreuer, oder?«

»Der mag nicht. Muss noch überlegen. Außerdem ...«, er hält inne, bis Olga ihn mit hochgezogenen Augenbrauen ansieht. »... hab ich eine Freundin, die heißt Ka... .«

»Benni, bitte verschone mich mit dem Thema. Noch ist mir nicht klar, was mit dieser Marie Marie los war und auch nicht, was mit der Sunny passiert ist, ganz abgesehen von den Frauen, denen du im Wohnheim und im Betrieb nachstellst.«

»Was ist ›nachstellst‹?«

»Sie verfolgst, sie umarmst und Ähnliches.«

»Okay«, er nickt und sagt leise: »Aber die Ka... ist echt hübsch. Sie braucht Hilfe beim Bedienen, damit der Kaffee nicht schwappt und die Leute sich ärgern.«

Olga nimmt einen tiefen Atemzug. »Deine Karo, Karin oder wie auch immer braucht eher eine gute Schulung, wenn sie als Bedienung arbeitet. Wo hast du sie getroffen?«

»Ich weiß nicht mehr, wie das Café heißt, aber ich weiß, wo es ist in München.«

»Du fährst da auf keinen Fall wieder hin. Wenn Frau Düren die Logopädiestunden beendet hat, dann gibt es keinen Grund mehr für dich, nach München zu fahren.«

»Aber ich muss. Ich hab der Freundin versprochen, dass ich komme und ihr helfe.«

»Damit ist jetzt Schluss, Benni!«

Er sieht Herrn Hasenwanz draußen vor der Terrassentür und sprintet den Gang entlang von der Küche bis zu seinem Zimmer, um den Kater ins Zimmer zu lassen. Als Benni zurückkommt, ist Olgas Gesicht noch immer voller ärgerlicher Falten.

Sie sagt: »Bevor ich nicht mit Frau Düren gesprochen habe, fährst du nicht zu diesem Café. Ist das klar?«

Er nickt und zieht mit einer heftigen Bewegung die Schublade mit dem Besteck heraus, das scheppernde Geräusche macht. Als er die Messer abzählt und an den Tisch bringt, schürzt er die Lippen und murmelt vor sich hin. »Immer muss sie bestimmen. Sie weiß gar nix.«

54

»Pack bequeme Sachen ein und viele T-Shirts zum Wechseln. Vielleicht auch etwas, das schmutzig werden kann und später nach Rauch riecht.«

»Machen wir Lagerfeuer?«

»So was Ähnliches«, sagt Amy. Benni auf das Wochenende einzustimmen, gestaltet sich aufwändiger als sie dachte.

Da das Seminarhaus im schwäbischen Umland und recht weit vom nächsten Bahnhof entfernt liegt, kommt Benni in den Genuss, von Amy und Leander in Louis' SUV abgeholt zu werden. »Das ist wie ein Panzer« sagt er, nachdem er auf den hohen Rücksitz des Toyotas geklettert ist.

»Lass das Louis lieber nicht hören«, sagt Leander, der am Steuer sitzt.

Trotz der Telefonate mit Amy in den vergangenen Tagen stellt Benni weitere Fragen. »Was machen wir und die anderen Leuten?«

»Wir tanzen, lachen, schmusen und meditieren ...«

»Was ist das?«

»Ruhig sitzen, dem Atem folgen und mit dem Denken ganz im Augenblick bleiben«, sagt Amy. »Wenn andere Gedanken kommen, lass sie einfach vorbeiziehen wie Wolken oder wie einen Zug, der am Bahnhof nicht stehen bleibt.«

»Das ist bisschen langweilig, oder?«

»Vielleicht, aber es tut dem Körper und vor allem dem Kopf gut. Danach bist du frisch und erholt und kannst viel besser denken und Entscheidungen treffen.«

»Okay.« Er nimmt sich vor, auf der Fahrt schon mal das Meditieren zu üben. »Kann ich trotzdem zum Fenster hinausschauen?«

Amy dreht ihm den Kopf mit den Rastazöpfen zu. Benni mag ihre Haare, auch wenn sie immer ein wenig nach Filzsocken riechen. Jetzt lauscht er auf ihre Stimme, die sanft auf und ab schwingt, als ob sie gerade ein Märchen erzählt.

»Entweder – oder. Beim Meditieren schließt man die Augen, um nicht abgelenkt zu werden. Also schau jetzt nach draußen und lass dich später vom Meditieren überraschen.«

Das ist ihm auch viel lieber. »Wie lange fahren wir?«

»Noch 72 Minuten, sagt das Navi. Ist dir jetzt schon fad?«

Benni hat viele Fragen im Kopf, doch er spürt, dass den Beiden nicht nach Reden zumute ist. Also schweigt auch er, bis Leander den dicken Wagen parkt und aussteigt. »Komm, wir gehen uns anmelden und nach unserem Zimmer fragen.«

Benni schultert den Rucksack und folgt Amy und Leander über den Viereckhof mit den restaurierten Fachwerkhäusern. Für einen Moment sucht seine Hand die Tasche mit Herrn Hasenwanz. Doch da fällt ihm ein, dass sein Kater diesmal im Wohnheim bleiben muss und Olga ihn versorgt – ausnahmsweise – wie sie betont hat.

55

»Willkommen in unserem Haus«, sagt die lange, dünne Frau in ihrem weiten Kleid und mit um den Kopf gewickelten Rastahaarsträhnen. Amy umarmt sie und Benni meint Schwestern vor sich zu sehen, so lieb wie sie miteinander umgehen.

»Ich bin Clodile. Und wer bist du?«

Die Frau lacht ihn an und Benni nennt seinen Namen.

»Ihr seid drüben im Zimmer 5. Die anderen zwei haben schon ihre Betten bezogen. Um 18 Uhr beginnt die Medi. Aber das wisst ihr ja schon. Danach gibt' s Abendessen.«

Benni schwirrt der Kopf, als er Leander die schmale Treppe hinauf folgt. Dort stehen Schuhpaare in unterschiedlichen Größen und als Amy und Leander ihre dazustellen, macht Benni es ihnen nach. Hinter der Tür gibt es begeisterte Begrüßungen und Umarmungen und er versucht, Amy und Leander im Blick zu behalten.

»Komm. Hier sind unsere Betten«, hört er Amy rufen.

Er folgt ihr und schiebt sich an den Leuten vorbei. Einer von ihnen spricht ihn an. »Hey, du bist Leanders Bruder. Super, dass du da bist.«

Er gelangt zu dem Bett, auf das Amy zeigt. »Kannst du selbst überziehen?«

»Jep.« Endlich hat er etwas Sinnvolles zu tun. »Mach

ich allein im Wohnheim«, sagt er noch, doch das hört schon niemand mehr. Plötzlich sind alle weg und er sieht nur Amy an der Tür auf ihn warten. »Willst du so bleiben? Besser wäre eine Trainingshose oder so was in der Art.«

»Ich bleib so«, entscheidet er und folgt Amy über den begrünten und blühenden Hof zum Seminarraum.

Der hat bodentiefe Fenster, durch die warmes Sonnenlicht auf den hellen Holzboden fällt. Beatmusik aus Verstärkern empfängt sie und Amy zeigt auf einen Platz hinter ihr. »Stell dich da hin und mach mir einfach alles nach, gut?«

Er nickt und hört eine fremde Stimme sagen: »Willkommen zur Kundalini. Stell dich schulterbreit hin, schließ' die Augen und lockere die Gelenke. Lass deinen Körper sich schütteln. Lass die Anspannungen los. Werde selbst zum Schütteln, ohne es aktiv zu tun.«

Benni sieht Amy genau das tun. Es ist nicht schwer und er entspannt, schließt die Augen und wird zum Schütteln. Er erschrickt, als jemand neben ihm »Super« sagt. Vielleicht bildet er es sich auch nur ein. Egal.

Plötzlich wechselt der Rhythmus. Die neue Musik verführt ihn zu schwingenden Bewegungen und er hört, dass die Stimme genau das dazu sagt, was auch er empfindet. »In dieser Phase tanze, wie es dir Spaß macht. Lass dich von deinem Körper führen.«

Er sieht die Menschen um sich herum wie über Wellen tanzen, ohne sich gegenseitig zu berühren. Trotzdem bewegt er sich vorsichtig und achtet darauf, keinen zu stören.

Viel zu rasch kommt wieder die Stimme. Diesmal mit der Aufforderung, innezuhalten und wahrzunehmen, was innen und außen geschieht. Das ist schwer und er lauscht in sich hinein, ob er etwas hört oder spürt. Da ist nur noch ein Rest von Aufregung und ganz viel Freude darüber, hier sein zu dürfen. Im Außen riecht er eine Mischung aus Schweiß, Deo, Darmwinden und Frauenparfüm. Und wieder redet die Stimme und lädt dazu ein, sich hinzulegen, die Augen zu schließen und still zu sein. Benni ist viel zu aufgeregt, um einzuschlafen. Zum Glück, denn er hört jemanden schnarchen.

Dann ist die Medi vorbei. Ein Gong ertönt und die Stimme lädt zum Abendessen ein. Amy dreht ihm das Gesicht zu und schenkt ihm ein Lächeln.

Er schaut sich um. Alle haben entspannte Gesichter und schweigen. Sie bewegen sich langsam wie durch dicke Suppe. Das gefällt ihm und er probiert es selbst aus, über den Hof hinüber zum Essraum wie ein Flusspferd zu schaukeln statt zu laufen.

Dort stehen lange Tische vor Bänken und Stühlen und an der gegenüber liegenden Wand sieht Benni gefüllte Keramikschüsseln und Körbe mit Brot auf einer Anrichte.

»Nimm dir einen Teller und Besteck. Gläser und Wasser stehen schon auf den Tischen«, sagt jemand hinter Benni.

Er taucht ein in das ungewohnte Wohlgefühl, ein Teil dieser Gruppe zu sein und lässt sich davon tragen. Am

Tisch sitzt er zwischen Menschen, die fremd und vertraut zugleich sind und genießt jeden Bissen von dem, was er sich aus den Schüsseln geholt hat.

»Wir treffen uns um halb acht im Seminarraum«, sagt jemand und Benni freut sich, Amy zu entdecken, die ihn mit sich zieht. »Ich zeig dir die Duschräume, gut?« Er folgt ihr und hört im Gang zu ihrem Schlafraum bereits das Wasser rauschen. »Wundere dich nicht, wenn hier Männer und Frauen zugleich die Duschen benutzen.«

Gut, dass Amy das sagt, sonst wäre Benni an diesem Abend ungeduscht geblieben. Doch so wäscht er sich mit all den anderen nackten Menschen zusammen den Schweiß vom Körper und geht frisch gekleidet mit Leander zum Treffen.

Der fragt ihn neugierig: »Wie war's für dich bisher?«
»Super. Lustig.«

»Dann hatte Amy doch recht mit ihrer Einschätzung«, sagt Leander und legt den Arm um seinen Bruder.

Benni durchströmt ein warmes Gefühl aus seinem Herzen bis überallhin im Körper. »Mein Bruder«, sagt er leise und es bleibt unklar, ob Leander ihn gehört hat.

Der sagt gerade: »Jetzt kommt die große Runde, wo jeder etwas davon erzählt, was momentan wichtig oder schön oder schwer im Leben ist, verstehst du? Vielleicht wird das langweilig für dich. Dann legst dich einfach in die Ecke und schläfst eine Runde, gut?«

Doch Benni ist etwas ganz anderes eingefallen. »Muss ich auch was sagen?«

»Das wäre nicht schlecht. Die anderen kennen dich

ja nicht und wollen sicher was dazu hören, warum du da bist.«

Leander hätte nichts Dümmeres sagen können. Benni bricht der Schweiß aus. Trotz seines Wohlgefühls stellt er sich vor, wie er in dieser großen Gruppe zu stottern anfängt, wenn er von sich sprechen soll. Vielleicht kann er einfach schon ins Bett gehen. Er muss mit Amy darüber sprechen. Sie hat immer die richtigen Ideen. Doch sie ist nicht zu sehen. Um sie zu finden, geht er mit Leander in den großen Seminarraum. Dort sitzt Amy auf einem Medikissen im Gespräch mit einer anderen Frau.

»Komm zu uns«, ruft sie Benni zu und zeigt neben sich. Er legt sich auf den weichen Teppichboden und lässt sich von Amy über den Rücken streichen. Sie beugt sich zu ihm hinunter. »Tust du mir einen Gefallen?«

»Jeden«, will er sagen und nickt.

»Nimmst du deine Kappe ab? Manche hier sind vielleicht keine FC Bayern-Fans.«

Das versteht er und schiebt die Kappe in Amys Beutel. Er kommt sich zwar jetzt nackter vor als zuvor in der Dusche, aber gleichzeitig auch gut, weil niemand sonst eine Kopfbedeckung trägt. Die Gesprächsrunde beginnt, und alles ist viel leichter, als Benni es sich vorgestellt hat.

Amy erzählt von der WG und der Unsicherheit, wie lange Leander und sie dort noch wohnen bleiben dürfen und erwähnt Benni und Sunny, die als Gäste bei ihnen waren. Damit gibt sie ihm das Stichwort zum Reden.

»Ich bin behindert und wünsch mir eine Freundin. Nur zum Küssen und Schmusen. Mehr nicht. Aber des geht

202

trotzdem nicht. Immer bekomme ich Ärger mit meinem Chef und den Betreuern. Oder ich mach die Frau kaputt wie Sunny. Das ist mein Problem.«

Warum manche grinsen, als er fertig ist, versteht er nicht. Aber er ist zufrieden mit seiner Vorstellung und verschläft den Rest der Gespräche.

56

An den nächsten Tag wird sich Benni immer als den
»Matschtag« erinnern.

Die übrigen Teilnehmer nennen das, was sie erleben,
»Bodypainting« und sammeln für den Rest ihres Lebens
unvergleichliche Vorräte an Lachen, Lust und Lebens-
freude, die ihnen niemand jemals wird nehmen können.

Benni hört schon bald nach Beginn der Aktion damit
auf, Amy zu fragen: »Darf der das?« Stattdessen rutscht
er mit anderen nackten Körpern über nassen Lehm, lässt
sich damit an der Sonne trocknen und greift juchzend vor
Freude mit seinen Fingern in die Farbtöpfe. Er traut sich,
einen Frauenpo und eine Männerbrust zu bemalen, und als
die Frauen seinen Bauch und seinen Lingam mit farbigen
Verzierungen schmücken, fällt die Grenze, die er bis dahin
noch zu haben meint. Er darf und darf und darf. Alle sind
lustig wie Kinder und auch wenn er manchmal doch meint,
dass gleich jemand mit ihm schimpfen wird, passiert nichts
davon.

Später spritzen sie sich gegenseitig mit dem Wasser-
schlauch die Farbe von den Körpern und Benni fühlt sich
satt und atemlos zugleich von den neuen Erfahrungen.
Die Teilnahme an der für den Abend geplanten Schwitz-
hütte lehnt er ab, als er hört, dass es dabei um heiße Steine,

Dampf und Dunkelheit in einem Zelt geht. Er hat genug erlebt und will darüber nachdenken.

Als er am Sonntag Morgen mit Amy und Leander nach Hause fährt, fällt ihm etwas ein. »Darf ich das erzählen vom nackig Herumrutschen und Anmalen?«

»Lieber nicht. Sonst darfst du vielleicht nie mehr mit uns mitkommen.«

Das Argument wiegt schwer und er beschließt, das Erlebnis wie einen Schatz zu bewahren, den er bei sich allein behält. »Aber mit euch kann ich darüber reden?«

»Immer« sagen Amy und Leander gleichzeitig und alle lachen.

57

Zurück im Wohnheim hat Benni das Gefühl, ein anderer zu sein.

Seine Umgebung scheint es zu spüren und schenkt ihm eine besondere Beachtung. Andreas wagt es nicht mehr, ungefragt in Bennis Zimmer zu gehen und Gerd hält ihn nicht mehr zum Narren.

Als ihn die Nachricht erreicht, dass ein Bootsausflug für die Gruppe geplant ist, zögert Benni, sich an der Diskussion zu beteiligen. Er zehrt noch vom Erlebten und spürt eine für ihn unerklärliche Zuversicht, dass sich seine verbliebenen Probleme auflösen werden wie die Schneereste des vergangenen Frühjahrs.

Wie soll er ahnen, dass erneut eine frostige Dunkelheit auf ihn wartet? Könnte er davon auch nur eine Prise erschnuppern, würde er sich mit seinem Kater auf dem Bauch ins Bett legen statt an der Flussfahrt teilzunehmen.

Die Eltern von Andreas laden die Gruppe zu einem Picknick am Fluss ein. Es ist sein Geburtstag und Andreas soll entscheiden, wer bei der Flussfahrt mit ihm im Schlauchboot sitzen darf. Er ist glücklich, weil er plötzlich im Mittelpunkt steht. Anni, Micha und Thomas winken ab, als er sie fragt. Sie wollen lieber dort, wo das Picknick stattfindet, auf die

Bootsfahrer warten. Johannes lehnt den gesamten Ausflug ab, doch Olga wird ihn trotzdem mitnehmen, glaubt Benni zu wissen. Also bleiben Niko, Sabine, Gerd und er. Das Boot hat fünf Plätze und Olga vertritt die Ansicht, dass neben dem Papa von Andreas Florian als Steuermann mitfahren soll.

Benni wüsste gern, wie viele von ihnen Andreas einladen darf, bis das Boot voll ist. Manchmal ist es gut, wenn man rechnen kann, merkt er, doch er traut sich nicht zu fragen.

Olga schlägt Gerd vor und ist überrascht, als Andreas den Kopf schüttelt.

Zum Glück verrät Florian endlich, dass nur zwei von den Betreuten einen Platz im Boot bekommen.

»Nikos Beine sind zu lang«, sagt Sabine, die ihre Chance aufs Mitfahren im Auge behält.

Olga nickt und meint, dass dies vielleicht wirklich ein Problem für das Boot darstellt. »Also fahren Benni und Sabine mit. Der Rest wartet mit den Picknickkörben und den Getränken mit mir am Landungsplatz. Einverstanden?«

Alle außer Gerd sind zufrieden mit der Entscheidung. Er erklärt, sowieso etwas anderes an dem betreffenden Tag geplant zu haben. Olga geht nicht darauf ein. Sicher wird es ihr später gelingen, Gerd mit den Leckereien im Korb umzustimmen.

Florian zeichnet auf ein Blatt an der Pinnwand eine Figur, die wie das Boot aussieht. »Da vorne sitzt Jupp, der Papa vom Andreas, mit den Rudern in den Händen. Er schaut in die Richtung, aus der wir kommen. Damit er sich nicht ständig umdrehen muss, braucht er einen Steuermann, der in die Fahrtrichtung schaut und ihm sagt, ob die Richtung noch stimmt. Vielleicht machen wir das, Andreas? Du und ich?«

»Und Barbie.«

»Korrekt. Dann sind wir zu dritt. Da kann nichts schief gehen.«

»Danke, dass ich im Boot mitfahren darf«, sagt Benni zu Andreas.

Der lacht ihn an. »Mit Barbie. Und dein Kater?«

Darauf weiß Benni im Moment keine Antwort. Soll er Herrn Hasenwanz mitnehmen? Der Kater ist schon alt, aber er ist sicher noch nie Boot gefahren. Vielleicht kann Benni später am seichten Ufer einen Fisch für ihn fangen. Von Olga weiß er, dass Jupp auch Sachen zum Angeln mitbringen wird.

Später im Bett erzählt Benni Herrn Hasenwanz von dem Ausflug, doch der Kater maunzt eher gleichgültig. Er scheint wie Benni selbst noch keine Meinung dazu zu haben.

58

»Ich wollte Sie schon längst anrufen ...«, hört Olga, die mit Handy und Zigarette auf dem Balkon steht, die Therapeutin sagen. Wird sie von Frau Düren Vorwürfe zu hören bekommen oder Empfehlungen, wie sie Benni behandeln soll? Darauf ist Olga nicht scharf. Sie hat ihre eigenen Erfahrungen machen müssen und daraus gelernt. Doch je länger sie Frau Düren zuhört, desto mehr entspannt sie.

»Benni ist ein ganz besonderer Mensch, aber das wissen Sie ja selbst. Die Sehnsucht, gesehen und geschätzt zu werden in seinem So-Sein, ist groß. Die Menschen schätzen ihn oft als Nicht-Behinderten ein, was er ja nicht ist. Ihm fehlt der abstrakte Bereich, der für unser Leben wichtig ist. Dafür hat er Fähigkeiten, die uns Nicht-Behinderten oft verloren gegangen sind wie das Erspüren von Stimmungen und Absichten. Wir treffen intelligente Kopfentscheidungen statt uns empathisch auf eine Situation mit anderen Menschen einzulassen. Er hat uns da etwas voraus, nicht nur mit seiner Nase, oder was meinen Sie?«

»Unbedingt«, Olga zieht sich einen Stuhl heran. Sie hört Frau Düren gern weiter zu, die das, was Benni ausmacht, so viel besser ausdrückt, als Olga das je könnte.

»Das mit dieser Rollstuhlfahrerin hätte Benni natürlich nicht machen dürfen. In meine Wohnung einzudringen und sich im Bad meiner Handtücher und Kleidung zu bedienen kommt einem Einbruch gleich, doch was hätte er tun sollen? Er wollte auf seine Art helfen und die Frau nicht einfach anderen überlassen. Er sieht mit dem Herzen und das ist etwas Wunderbares. Benni hat nichts gestohlen, aber das Bad war verunreinigt und er war im Therapieraum und in der Küche. Doch was er entwendet hat, ist von geringem Wert. Die Einstellung dahinter dagegen grandios. Ich habe meine Anzeige gegen Unbekannt zurückgezogen, weil er nichts dafür kann, dass ich die Nachricht erst viel später gefunden habe. Mehr hat er mir ja nicht hinterlassen können als einen Zettel mit seinem Namen.«

Olga hört Frau Düren einen tiefen Atemzug holen, bevor sie weiter redet.

»Was für eine schöne Idee von Benni, dass ich mit Marie Marie arbeiten soll. Ich meine natürlich Elsa Dornhöfer. Aber Bennis Name für sie ist schön und ich glaube, er gefällt ihr auch. Jetzt hab ich so viel geredet. Was meinen Sie? Wollen wir uns mit Benni, Marie Marie und ihrem Betreuer in München verabreden, um uns kennenzulernen?«

Olga schlägt den darauffolgenden Samstag vor – es ist der erste im September – und so kommt es, dass die Logopädin Benni und Olga am Hauptbahnhof abholt. Sie hat Marie Marie im Rollstuhl bereits dabei und er beugt sich zu ihr hin. »Du sagst ›ja, ja‹ zu mir?«

»Hab noch ein wenig Geduld mit ihr«, ermahnt ihn Frau Düren.

»Okay.« Etwas anderes interessiert Benni ganz brennend. »Gehen wir heute wieder zum Café mit der Ka...?«

»Du meinst die Kathrin? Nein, heute nicht. Wir fahren woanders hin.«

Bennis Laune schlägt um. Er bleibt mit grimmig dreinblickendem Gesicht hinter Frau Düren und Olga zurück, die ins Gespräch vertieft sind und nicht merken, welche Falten sich über sein Gesicht ziehen und die Sommersprossen verschlucken.

»Benni, wo bleibst du? Komm. Es wird dir gefallen.«

Er gibt ein unwilliges Brummen von sich, doch er trottet ihnen in Richtung der U-Bahn nach. Im Zug bleibt Benni stumm, obwohl er gern fragen würde, an welcher Station sie aussteigen. Er denkt an Kathrin, deren Namen er sich endlich merken kann. Frau Düren ist ungerecht wie Olga und alle, die ihn noch immer wie ein Kind bevormunden. Er schüttelt den Kopf und stößt mit dem Fuß gegen den Sitz, was heftig schmerzt.

Am Karl-Preis-Platz, den er seit seiner gescheiterten Tour nach Italien kennt, steigen sie aus. Frau Düren schiebt den Rollstuhl durch die Wagentür und Benni humpelt hinterher, stinksauer auf sie, auf sich und auf die ganze Welt. Er wird kein einziges Wort mit den beiden Frauen reden, egal, was sie vorhaben. Wenn er Kathrin im Café nicht besuchen darf, müssen sie mit seiner schlechten Laune zurechtkommen. Sie gehen eine lange Straße entlang und biegen dann nach rechts ab. Die Häuser hier sind anders als die in Weilheim und auch ganz anders als die in der Münchner Innenstadt. In diesem Teil der Stadt sind die Häuser neu, mit viel Glas und mindestens sechs oder mehr Stockwerke hoch.

Wenn er den Kopf in den Nacken legt, sieht Benni ganz oben Leute wie Püppchen herumlaufen und an Tischen sitzen. Er zählt die Stockwerke, kommt auf zehn und meint, sich verzählt zu haben. Doch als er noch einmal anfangen will, ruft Olga ungeduldig nach ihm und er hinkt ihr hinterher.

Er sieht sie mit Frau Düren und Marie Marie vor einem Haus aus Glas stehen mit einem Schild, dessen Aufschrift er nicht lesen kann. Dieselbe erkennt er an einem kleinen Auto, das davor geparkt ist. Es ist ein Lokal, zu dessen Eingangstür eine Rampe führt, die Frau Düren hinauffährt. Normal würde Benni ihr das Schieben vom Rollstuhl abnehmen, doch dafür ist er heute viel zu sauer. Anderen helfen mag er, doch der Eisberg, den er gerade in sich spürt, hindert ihn diesmal daran. Solange sie ihn nicht ernst nehmen, bekommen sie nichts von ihm. Genau. Er trifft seine Entscheidungen, auch wenn es zu diesem Lokal im Moment keine Alternative gibt. Zufrieden mit sich und seinem Entschluss folgt er dem Rollstuhl, der gerade durch die Tür geschoben wird.

59

Überrascht schaut er sich um. Die Längswand des Lokals ist rot gestrichen und mit hellen Holztischen, moosgrünen Polsterstühlen und weißen Lampen eingerichtet. Von der hohen Decke hängen unzählige rote Luftballons, die sich sacht bewegen. Es riecht nach warmer Milch, nach Gewürzen und Schokolade. Hinter der Theke stehen zwei Frauen und lächeln ihm zu. Eine Bedienung führt Olga und Frau Düren mit dem Rollstuhl durch das voll besetzte Restaurant zu einem Tisch, an dem Bruno Metzger wartet. Benni sieht durch die bodentiefen Scheiben die Fußgängerzone, aus der sie gekommen sind.

Am Tisch wendet sich die kleine Frau um, und er erkennt an dem breiten Gesicht und den schräg stehenden Augen ihre Behinderung. Sie hat runde Schultern und kurze Finger, die sie zur Begrüßung aneinander legt. Als sie Benni anspricht, lispelt sie. »Gehörst du dazu?«

Er nickt. »Ich bin Benni und du?«

»Du kannst nicht lesen? Macht nichts. Schau. Da steht mein Name. Ich heiße Lisa.«

»Okay«, stößt Benni hervor. Sein Atem geht schnell und der Schmerz im Fuß verflüchtigt sich. Wieder ein Lokal mit behinderten Bedienungen. Er geht zum letzten freien Stuhl und lächelt Frau Düren an.

»Hast du schon bestellt?«, fragt sie ihn.

»Einen Affogato, bitte«, sagt er zu Lisa, die gewartet hat. »Und wenn du Hilfe ...«

Doch sie ist schon zur Theke zurück gegangen und er nimmt neben Marie Marie Platz. Auf ihrer anderen Seite sitzt Bruno Metzger, den die Frauen bereits begrüßt haben.

Benni lässt die Augen durch das Lokal schweifen. Ihn interessieren die Bedienungen, die zwischen den Tischen unterwegs sind. Ist Lisa die einzige Behinderte darunter?

Gerade kommt sie zurück und bringt den bestellten Kaffee. »Wenn ihr mehr wollt, schaut in die Karte oder an der Theke«, sagt sie zu Benni gewandt.

Er lächelt sie an. Natürlich will er noch etwas bestellen, damit sie wieder an den Tisch kommt. Oder soll er sie nach vorne zum Kuchenbuffet begleiten, um sich von ihr beraten zu lassen? Er bemerkt die Spange mit der stilisierten Blüte, die Lisa im glatten Haar trägt und erhebt sich, um ihr zu folgen.

Da ertönt ein heftiges Scheppern und er wendet den Kopf in die Richtung. Teller mit Kuchen und Tassen voller Kaffee sind von einem Tablett zu Boden gerutscht. Ein junger Mann steht dabei und starrt auf die Scherben und die Pfütze zwischen den Stühlen. Benni ist mit wenigen Schritten dort und hockt sich auf das Parkett, um die Sachen einzusammeln und auf das Tablett zu legen. »Glück bringt Scherben«, sagt er zu dem Kellner, der unbeweglich auf den Schaden starrt. Doch der reagiert nicht auf Bennis lustig gemeinten Spruch. Deshalb fügt er hinzu: »Holst du ein Lappen?«

Da wacht der Mann aus seiner Betäubung auf und geht

rasch zur Theke, wo ihm schon jemand mit einer Küchen-rolle entgegen kommt.

»Entschuldigung«, sagt Benni zu den Leuten am Tisch, während seine Hände die Scherben einsammeln. »Gleich ist alles wieder sauber.«

Als er das Tablett hochhebt, um es zur Theke zu bringen, kommt ihm eine Frau mit freundlichem Gesicht entgegen.

»Das war ganz reizend von Ihnen, so rasch zu Hilfe zu eilen. Wir arbeiten hier mit Behinderten und da passiert manchmal so etwas.«

»Kein Problem«, sagt Benni. »Ich bin auch behindert.«

Sie wirkt überrascht. »Tatsächlich? Wollen Sie sich als Belohnung einen Kuchen holen?«

Er nickt. »Ich habe noch eine Frage.«

Sie reicht ihm die Hand und lächelt. »Nur zu. Ich bin übrigens Jutta.«

Benni ergreift die Hand und nennt seinen Namen. »Darf ich Li… helfen? Lin… oder so? Ich hab den Namen vergessen.«

»Du meinst Lisa, die euch bedient hat?«

Bevor er etwas sagen kann, wendet sich Jutta dem jungen Mann zu, der sie anstarrt, als würde er gleich in Tränen ausbrechen. »Josef, du brauchst heute nicht mehr bedie-nen. Magst du lieber in der Küche helfen?«

Statt zu antworten zieht er sich das Band von der Schürze über den Kopf und reicht sie Jutta.

Deren Blick kehrt zu Benni zurück. »Willst du es aus-probieren?«

Er strahlt und nickt heftig mit dem Kopf wie ein Pferd, das mit den Hufen scharrt. »Ich kann einen Tisch suchen für die Gäste und erzählen, welchen Kuchen du hast.«

Am Eingang des Lokals stehen Leute, die nach freien Plätzen schauen und sich wieder zum Gehen wenden. Jutta reicht Benni die schwarze Schürze von Josef. »Dann schau einfach mal, wo du helfen kannst. Später reden wir darüber.«

Er sieht eine schmale Frau am Eingang stehen. Ihre Augen gleiten über den Raum auf der Suche nach einer Sitzgelegenheit.

Benni geht auf sie zu. »Sie wollen einen Platz? Bitte kommen Sie.«

Die Frau folgt ihm und er führt sie an den Tisch von Marie Marie, Bruno Metzger, Olga und Frau Düren.

»Ist hier noch frei?«, sagt er und schaut der Logopädin angestrengt in die Augen. Hoffentlich spielt sie mit, doch sie versteht sofort. »Ja, der Herr hat zu tun und ist bereits gegangen.«

Benni greift nach seiner leeren Tasse und macht eine einladende Bewegung für die fremde Frau, die wortlos Platz nimmt. »Wollen Sie die Karte?«

»Nur einen schwarzen Kaffee ohne alles«, sagt sie leise, ohne ihn anzuschauen.

Doch er tut, als habe er sie nicht verstanden. »Besonders lecker ist die Pfirsichsahne. Die riecht wie Sie.«

Die Frau blickt kurz auf und deutet ein Nicken an. Benni geht zur Theke zurück.

Dort steht Jutta, die ihn beobachtet hat. »Hast du schon mal bedient?«

Er steht vor dem Kuchenbüfett und zuckt mit der Schulter. »Wie heißt der Kuchen mit Sahne? Und der daneben? Und der schwarze? Ich muss es wissen für die Gäste.«

»Gute Idee, wenn du sie fragst, was sie trinken und essen wollen. Kannst du lesen?«

»Nicht richtig. Aber ich kann in die Küche gehen und schauen, was wir kochen. Dann erzähle ich, was gut schmeckt.«

»Kannst du mit Geld umgehen?«

Er lacht. »Mein Bruder sagt, ich kann alles ausgeben. Aber ich kenn' mich nicht aus.«

»Das macht dann jemand von uns. Kein Problem. Du kriegst das Trinkgeld, wenn es gut geklappt hat.«

»Und ich darf mit Frauen reden und helfen mit dem Mantel und den Tisch zeigen?«

»Genau, aber nicht nur den Frauen. Wir haben auch männliche Gäste hier.«

Benni atmet so tief, dass sein Bauch zittert. Mit einem Stück Pfirsichsahnetorte auf dem Kuchenteller kehrt er zu der fremden Frau zurück. »Der Kaffee kommt gleich.«

Frau Düren wirft ihm ein Lächeln zu und fragt, welchen Kuchen er empfehlen kann.

»Die Himbeersahnetorte ist ganz frisch und noch nicht angeschnitten«, sagt Benni und Frau Düren nickt. »Für Marie Marie auch ein Stück davon«, fügt sie hinzu.

Er grinst. Wie schön, dass sie den neuen Namen benutzt und nicht den fremden, den er nicht mag. Diesmal erntet sie keinen verärgerten Blick von Bruno Metzger, der breitbeinig auf dem samtenen Polsterstuhl neben Olga sitzt.

Als Benni die Teller mit den Kuchen an den Tisch bringt, erzählt Bruno gerade von Tagestouren in die Berge und Olga hört ihm wie gebannt zu. Doch Marie Marie und Frau Düren lächeln in Bennis Richtung.

Jutta kassiert an zwei Tischen, deren benutztes Geschirr er anschließend abräumt. An der Tür stehen neue Gäste, die er durchs Lokal an die freigewordenen Plätze führt und die Tischplatte sorgsam abwischt.

Da bemerkt Benni, wie Frau Düren ihm zuwinkt. Als er an ihren Tisch kommt, hört er sie sagen: »Wir müssen aufbrechen. Magst du dich verabschieden?«

Jutta kommt dazu. »Du kannst jederzeit ein Praktikum bei uns machen. Wenn du magst, bespreche ich alles Weitere mit deinen Betreuern.«

Plötzlich wird Benni ganz schüchtern und schaut Olga an. »Erlaubst du das? Und redest du mit dem Chef? Vielleicht sagt der Nein dazu?«

Olga hat eine unerwartete Röte im Gesicht. »Das mach ich gern. Du wirst sehen, dass sich alle freuen über dieses Angebot.«

Statt sich über Olgas Reaktion zu wundern, fällt ihm etwas Wichtiges ein. »Aber es ist zu weit zum Fahren jeden Tag.« Dabei denkt er vor allem an Herrn Hasenwanz.

Jutta ist am Tisch stehen geblieben und hat ihn gehört. »Für das Praktikum schaffst du das Fahren sicher. Kennst du dich im Münchner Verkehrsnetz aus?«

»Ja, ich kann das super.«

»Na also. Dann machen wir das fürs erste. Wenn wir uns auf eine feste Anstellung einigen sollten, haben wir Wohngemeinschaften für die Mitarbeiter.«

»Dann zieh ich um nach München? Mit Herrn Hasenwanz?«

Jutta zieht die Stirn in Falten. »Wer ist das?«

»Mein Kater. Er kann nicht gut springen und ich helf ihm.«

»Das tut mir leid, aber Haustiere sind für diese Wohnungen nicht vorgesehen. Da musst du dich entscheiden.«

Sein Gesicht ähnelt plötzlich dem von Josef nach dem Ungeschick mit dem vollen Tablett. Mit zusammengepressten Lippen verabschiedet er sich von Jutta und winkt Lisa hinter der Theke zu. Er verlässt rasch das Lokal und wartet draußen auf die anderen.

Bruno Metzger schiebt den Rollstuhl. Olga geht neben ihm her und Benni wundert sich über das Lächeln auf ihrem Gesicht. Freut sie sich etwa darüber, dass seine Chance auf eine Anstellung im Café gerade flöten gegangen ist und er bei ihr im Wohnheim bleibt? Doch da bemerkt er, wie Bruno Metzger etwas ins Handy eingibt, das ihm Olga diktiert.

Auf dem Weg zur U-Bahn Station geht Benni hinter ihr her und schnuppert. Die Härchen in seiner Nase vibrieren und er hat das Bild einer reifen Birne vor sich. Das kennt er von Olga nicht. Also kann es nur mit Bruno Metzger zusammenhängen.

60

Am Tag vor dem geplanten Ausflug zum Fluss ruft Olga Benni ins Besprechungszimmer. »Der Ausflug nach München war schön, nicht wahr? Hast du schon eine Entscheidung in Bezug auf das Praktikum getroffen?«

Er nickt, weil er ständig daran denkt und immer weniger glaubt, dass es eine gute Idee ist, dort zu arbeiten. Ohne Herrn Hasenwanz zieht er nirgendwo hin, das verspricht er ihm jeden Tag von neuem. Also macht das Praktikum keinen Sinn, auch wenn er die kleine Frau Li… wiedersehen möchte.

»Du sagst ja gar nichts. Willst du es erst gar nicht machen?« In Olga blitzt ein Funke Hoffnung auf, dass er doch mehr an ihr hängt als sie meint.

»Ich weiß nicht mehr, ob ich das will.«

»Sollen wir absagen?«

Seine Gedanken überschlagen sich wie Regentropfen an Gummistiefeln entlang rinnen und seine Nase erschnüffelt eine Mischung aus eigenem Angstschweiß, Olgas Hoffnungsatem und dem Papierduft aus dem Aktenschrank. »Nein. Ich denke, ich muss ausprobieren und dann gut entscheiden.« Benni atmet auf. Das ist gut, dass er jetzt weiß, was der nächste Schritt ist. Als er Olga anschaut, sieht er, dass auch sie erleichtert ist.

»Was hältst du davon, die Gruppe einzuweihen?«

»Warum?«

»Na ja. Deine zukünftige Chefin meinte, dass du deinen Kater hier lassen musst, falls ihr euch einig werdet. Vielleicht will ihn ja jemand aus der Gruppe übernehmen.«

»Das geht nicht, aber du kannst es machen«, sagt Benni und schaut Olga mit weit offenen Augen an.

»Auf keinen Fall. Du vergisst meine Allergie, wobei ich nicht die einzige hier im Haus bin, die auf Katzenhaare reagiert.«

Er starrt stumm zu Boden, als ob dort die Lösung liegen würde.

Olga betrachtet ihn nachdenklich. »Deshalb bin ich dafür, die Gruppe einzuweihen. Vielleicht mag jemand deinen Kater übernehmen.«

»Nein. Das ist ein Geheimnis, bis ich entscheide. Und du musst mein Geheimnis halten.«

Über ihr Gesicht gleitet ein Lächeln. »Gut Benni. Da es dir wichtig ist, verspreche ich es dir.« Sie erhebt den Zeigefinger. »Aber hör mal: Ein Versprechen muss man halten, die Entscheidung treffen und ein Geheimnis bewahren. Meinst du, du merkst dir das?«

Er nimmt einen tiefen Atemzug. »Okay. Ich hab jetzt verstanden, dass ich echt erwachsen geworden bin, weil ich ein Geheimnis bewahren kann. Und du hältst das Versprechen, nix zu verraten, bis ich eine Entscheidung treffe. Richtig?«

»Perfekt. Benni, ich habe noch eine Bitte.«

Er schüttelt den Kopf. »Ich will nichts Schweres mehr heute.«

»Es ist nicht schwer. Meine Bitte ist es, dich umarmen zu dürfen.«

Benni zögert einen Moment lang und streckt dann die Hände aus. »Okay. Du bist eine gute Betreuerin.«

Sie drückt seinen Kopf zwischen ihre Brüste und küsst ihn auf die rote Kappe.

Da geht die Zimmertür auf und Andreas schaut herein. Er dreht sich um, schwenkt die Barbie wie eine Trophäe und läuft den Gang entlang. »Olga und Benni küssen.«

Eine Tür nach der anderen öffnet sich. Als Benni aus dem Besprechungszimmer in den Gang tritt, hört er ein Klatschen, vielleicht das von Sabine. Sie singt »Hochzeit machen, Hochzeit machen!«

Olga folgt lachend Andreas und Benni ins Wohnzimmer. Dort klingelt sie mit der Tischglocke und alle außer Johannes kommen dazu. Ihn holt Olga selbst an den Tisch. »Passt auf. Benni und ich haben ein Spiel erfunden. Es heißt ›Ich mag dich‹. Das sagen wir zu jedem von uns und geben uns die Hand oder umarmen uns, ganz wie ihr mögt. Wenn ihr dem anderen ein Bussi geben wollt, fragt ihr, ob ihr es dürft, aber nicht auf den Mund. Haben das alle verstanden? Schaut. Ich mach es euch vor.« Sie wendet sich Johannes zu und schaut ihn an. »Ich mag dich, Johannes. Darf ich deine Hand anfassen? Dann hör ich, was Johannes sagt. Gut?«

Der restliche Tag ist gefüllt von Bekenntnissen und Umarmungen, bis sogar Sabine satt ist von der vielen Nähe, die sie erlebt hat. Die Bootsfahrt, die am darauffolgenden Tag stattfinden soll, rückt deshalb für alle in den Hintergrund.

61

Als Benni am nächsten Morgen am Frühstückstisch sitzt, lässt er sein Müsli stehen. Die Vorstellung, mit Andreas, dessen Papa Jupp, Florian und Sabine zum ersten Mal im Leben in einem Schlauchboot auf dem Fluss fahren zu dürfen, ist zu aufregend. Doch es liegt auch an der Frage, ob er Herrn Hasenwanz mitnehmen soll. Benni kann sie noch immer nicht beantworten, und Sabine versucht, ihm bei der Entscheidung zu helfen.

»Du hast doch die Leine dabei. Wenn er mag, schaut er zu die Fische. Wenn er nicht mag, liegt er im Boot und schläft. Warum hast du Angst?«

Da beschließt er, seine Unsicherheiten zu begraben und sich auf das Abenteuer zu freuen. Herr Hasenwanz kommt pünktlich von seiner morgendlichen Tour zurück und Benni setzt ihn angeleint in die Tasche. In den Rucksack hat er Trockenfutter gepackt und eine Decke zum Draufle- gen. Danach tritt er auf die Terrasse hinaus und sieht den Nebel wie Watte in den Bäumen hängen. Die Sonnenstrah- len beginnen die nebeligen Fetzen wie mit Strohhalmen aufzusaugen. Jedes Mal denkt Benni darüber nach, wie sie das machen. Aber heute kann er mit dem ungelösten Wun- der gut leben, denn er freut sich auf den Tag am und auf dem Fluss.

Andreas' Eltern kommen mit Taschen voller Leckereien, sodass sich tatsächlich auch Gerd zur Teilnahme entschließt. Olga zählt aufgeregt die Teilnehmenden und dazu die Teller und Becher, die sie eingepackt hat. Sie bekommt rote Flecken im Gesicht, als sie merkt, dass sie alle zusammen dreizehn Menschen sind.

Als Benni sieht, dass ihr deswegen die Tränen kommen, fällt ihm ein: »Das ist nicht richtig. Wir sind mit Herrn Hasenwanz noch einer dazu.«

Sie atmet tief auf und ist kurz davor, ihn zu umarmen. Stattdessen stammelt sie: »Das stimmt. Du hast recht. Ich nehm eine Dose Thunfisch ohne Öl für ihn mit, falls du keinen Fisch fängst.«

Florian fährt den Wohnheimbus und Benni darf mit Andreas, seinen Eltern und Sabine in deren Pkw zum Platz für das Picknick fahren. Von dort wollen sie Florian mitnehmen zu dem Ort, wo das Schlauchboot ins Wasser gelassen wird. Alles klappt wie geplant, außer dass Johannes und Thomas einen Aufstand machen, als sie merken, dass Sabine und Benni mit Andreas in das schöne große Auto steigen. Da wollen sie unbedingt auch mitfahren, und Olga muss die für später geplanten Süßigkeiten jetzt schon ins Spiel bringen, um die Beiden zum Bleiben zu bewegen.

Benni ist unruhig und streichelt das Fell von Herrn Hasenwanz, der in der Tasche eingeschlafen ist. Er gibt ein Maunzen von sich, doch Benni erschrickt über die Hand voll weißer Haare, die an seinem Hoodie Ärmel hängenbleiben. Er will Olga bitten, bald mit dem Kater zum Tierarzt zu gehen. Sicher kann der Herrn Hasenwanz helfen, sein Fell zu behalten. Vielleicht erfährt Benni dann auch, wie sein Kater dicker werden kann. Seine Knochen zeichnen sich unter dem Fell ab wie die von Frau Düren unter ihrer Kleidung.

Andreas' Papa, der Benni erlaubt, »Jupp« und »Du« zu ihm zu sagen, parkt das Auto am Fluss und breitet mit Florian die Bootshaut auseinander. Eine Pumpe wird ausgepackt und Andreas fängt an, die leere Hülle mit Luft zu füllen. Barbie findet das Pumpen langweilig und fällt Andreas immer wieder aus der Hand. Deshalb überlässt er Benni das Pumpen und schaut fasziniert zu, wie das Boot dicker und dicker wird.

Das Kiesufer ist flach, sie legen die Schwimmwesten an und tragen das Boot ins Wasser. Florian hält es fest, packt Paddel und Wasserflaschen hinein und hilft beim Einsteigen. Andreas und Benni schaffen es gut, doch Sabine schreckt vor dem Schwanken zurück.

»Das ist nur am Anfang so. Wenn wir fahren, liegt das Boot ruhig«, sagt Jupp, der bereits auf seinem Platz an der Spitze des Boots sitzt. Doch Sabine weint. Ihre Schuhe sind nass geworden, weil sie nicht barfuß über den Kies gehen mag und Florian wird ungeduldig. »Du musst jetzt einsteigen oder mit Andreas' Mama zurückfahren.«

Sabine kann sich nicht entschließen, bis Benni sagt: »Komm. Herr Hasenwanz und Barbie sind auch dabei.

Wenn wir bei den anderen ankommen, klatschen alle und rufen ›Hurra‹ und ›Bravo‹ für uns.«

Da greift Sabine nach Florians Hand, macht den Schritt ins Boot und lässt sich auf den Sitz fallen. Dort krümmt sie sich mit geschlossenen Augen zusammen.

Die beiden Männer wechseln einen Blick, doch dann stößt Jupp mit dem Paddel das Boot vom Ufer weg und die Strömung erfasst es.

»Juhu, wir fahren«, ruft Andreas und Sabine öffnet vorsichtig die Augen.

Benni hält die Tasche und die alte Hundeleine mit Herrn Hasenwanz fest in der Hand und beobachtet den Kater, der noch immer schläft. Soll er ihn herausholen und ihm den Fluss zeigen? Doch er lässt ihn und beginnt zu entspannen.

Andreas zeigt Barbie die Umgebung. »Schau, die Kirche mit Turm.«

Da entdeckt Sabine den roten Regionalzug parallel zum Fluss fahren. »Wir sind viel schneller«, ruft sie aufgeregt, sodass das Boot schaukelt und Florian sie ermahnt, ruhig sitzen zu bleiben.

»Gleich fahren wir unter einer großen Brücke durch. Da führt die Autostraße drüber«, erklärt Jupp.

Benni sieht Leute oben stehen und herunter winken. Das Boot fährt ruhig dahin und er grüßt mit beiden Händen zurück. Inzwischen fühlt er sich sicher und lässt die Augen schweifen. Am Fluss entlang sind Böschungen und oben verläuft ein Weg mit Radfahrern und Spaziergängern. Er taucht die Hand ins Wasser, spürt das kühle Strömen und sieht Forellen vorbeiflitzen. Mit einem tiefen Atemzug wirft er einen Blick in die Tasche mit Herrn Hasenwanz, der sich bisher für die Fahrt nicht zu interessieren scheint.

Andreas zeigt Barbie unterdessen das Ufer, wo Bäume ihre Zweige ins Wasser hängen lassen.

Da deutet Jupp auf einen Vogel mit langen Beinen. »Schaut, ein Reiher. Der hat Appetit auf einen Fisch.« Er wendet den Kopf nach hinten. »Hier wird der Fluss schmäler. Merkt ihr, wie nah das Ufer kommt? Andreas, du bist der Steuermann. Du musst mich warnen, wenn wir den Bäumen zu nahe kommen.«

Doch Andreas zeigt Barbie gerade eine Forelle und Sabine beugt sich neugierig zu ihnen hin.

Da merkt Benni, wie sich die Tasche mit Herr Hasenwanz bewegt. »Warte.« Er greift nach der Leine, das Schlauchboot schwankt und der Kater springt heraus auf den Bootsrand.

Sabine erschrickt. Ihr Ellbogen stößt Herrn Hasenwanz, der fährt seine Krallen aus, um sich festzuhalten, doch die Bootshaut ist glatt. Er fällt mit einem kläglichen Maunzen ins Wasser und wird abgetrieben. Benni hält die Leine fest in der Hand und zieht den Kater zum Boot zurück. Jupp bremst mit den Rudern, aber es ist zu spät. Die Zweige eines umgestürzten Baums lassen das Boot gerade noch vorbei, da verfängt sich die Leine im Gestrüpp.

»Lass los«, ruft Florian, doch genau das macht Benni nicht. Die alte Lederschnur spannt sich und schneidet ihm in die Hand. Er hat das Gefühl, dass sie ihm gleich abgerissen wird. Vor Schmerz laufen ihm Tränen übers Gesicht. Jupp steuert das Boot nahe ans Ufer, wo die Zweige ihnen die Arme zerkratzen. Benni lässt die Stelle, wo Herr Hasenwanz verschwunden ist, nicht aus den Augen. Da spürt er den Ruck an der Leine, dann reißt sie.

»Jedes Tier schwimmt, wenn es im Wasser landet«, sagt Jupp und Florian fügt hinzu: »Außerdem haben Katzen sieben Leben.« Als er Bennis Gesicht sieht, verstummt er.

»Herr Hasenwanz ist schon alt und bisschen krank«, sagt Benni wie zu sich selbst.

»Wir können hier schlecht an Land gehen. Es tut mir leid, aber wir müssen weiter oder wir fahren zurück.«

»Ja bitte. Wir suchen ihn.«

Jupp paddelt gegen die Strömung und es geht nur langsam voran. Sie sitzen schweigend und suchen die Wasseroberfläche und den umgestürzten Baum mit den Augen ab.

»Hier ist es passiert. Weiter oben macht es keinen Sinn. Wenn, dann hat es deinen Kater mit der Strömung weg getrieben.«

Benni entfährt ein lautes Schluchzen. Andreas streicht ihm mit der Barbie übers Bein, doch Benni stößt ihn weg.

Die beiden Männer wechseln einen Blick und Florian sagt: »Ich ruf Olga an, damit sie sich keine Sorgen machen. Es könnte länger dauern.«

Benni legt sich auf den Boden des Boots und schluchzt.

Sabine streicht ihm über die Kappe. »Du musst schauen, nicht weinen.«

Jupp fährt nahe an die Äste des umgestürzten Baums heran und riskiert, dass das Boot beschädigt wird. Er hat ein Stück von der Leine im Gestrüpp entdeckt. Der Anblick des Tierkörpers ist schlimm und Benni besteht darauf, dass es keinesfalls Herr Hasenwanz sein kann. Doch Florian bricht die Zweige ab und beugt sich weit aus dem Boot. Weil es ihm nicht gelingt, den im Wasser treibenden Leichnam zu erreichen, steigt er rasch aus den Jeans und lässt sich in den Fluss gleiten. Wieder schwankt das Boot heftig und Sabine schreit auf vor Schreck. Dann legt Florian den leblosen Kater auf den Bootsrand. Benni streicht mit den Fingerspitzen über den mageren Körper und flüstert ihm etwas zu.

Schweigend fahren sie zurück. Die anderen stehen in einer Reihe am Ufer. Sie wissen von Olga, was geschehen ist. Benni trägt das Tier auf den Armen und steigt schwankend aus dem Boot. Seine Schuhe und Hosenbeine sind triefend nass, doch er achtet nicht darauf. Olga kommt und will ihn umarmen. Benni hält das tropfende Tier vor sich und steht wie erstarrt. Niemand weiß, wie es weitergeht.

»Wir lassen das Boot ab und packen ein, oder?«, fragt Jupp leise.

Olga nickt. »Benni, was meinst du? Sollen wir Herrn Hasenwanz in unserem Garten beerdigen?«

Er schluchzt laut auf.

»Pass auf. Wir legen ihn in die Plastiktüte, damit die Polster trocken bleiben.«

Benni scheint mit allem einverstanden zu sein. Wenn man so traurig ist wie er gerade, kann man nicht selber denken. Dann ist es gut, wenn andere für einen entscheiden.

62

Der Himmel hat sich überraschend eilig mit Wolken bezogen, hinter denen sich die Sonne versteckt, als ob sie den toten Herrn Hasenwanz nicht weiter anschauen mag.

»Ich will essen«, sagt Niko, als er sieht, wie die Leckereien wieder in den Bus gepackt werden.

»Wir möchten alle essen. Aber das machen wir im Wohnheim, bevor es vielleicht zu regnen beginnt.«

Niko murrt, doch er fügt sich, steigt ein und sucht sich den gewohnten Platz mit dem größten Fußraum.

Als der Bus vor dem Haus parkt, verlässt ihn Benni als erster. Die Plastiktüte mit Herrn Hasenwanz ist schwer. Viel schwerer als jemals im Leben.

»Soll ich ihn tragen?«, fragt Olga, doch Benni geht schon durch die Pforte hinter das Haus zu den Bäumen am Hang zu.

Olga folgt ihm. »Die Stelle ist gut. Ich hol einen Spaten. Geh du Blumen pflücken.«

Sie kommt zurück und schlägt sich die Hand vor den Mund. Benni hat den Schrei gehört. Es ist ihm egal. Er hat damit begonnen, allen Rosen mit der Gartenschere die Blütenköpfe abzuschneiden und sie im Kreis um Herrn Hasenwanz herum zu legen. Olga verschluckt ihr Schimpfen. Erst als Florian dazu kommt, um zu erfahren, was geplant ist, hört Benni sie leise sagen: »Ich werde es später der Heimleitung erklären.« Dann sagt sie laut: »Wollt ihr zusammen eine Grube ausheben? Ich erkläre den anderen Gruppen, was wir vorhaben und biete ihnen an, daran teilzunehmen. Benni, holst du aus dem Schuppen etwas, auf das wir Herrn Hasenwanz betten?«

Er denkt sofort an den Laubsack, auf dem er selbst schon gelegen hat. Damals, mit seinem Kater zusammen, der jetzt alleine im Grab liegen muss. Ein erneutes Schluchzen bahnt sich den Weg aus seiner Brust herauf, während er zum Gartenhaus läuft.

Dann steht er vor dem ausgehobenen und ausgepolsterten Grab. Daneben liegt Herr Hasenwanz inmitten von Rosenblüten. Die Bewohner der übrigen Gruppen stehen mit ihren Betreuern dabei. Sabine hat Olgas Hand ergriffen, schluchzt und lässt sie nicht los, als Olga zu Benni tritt.

Er schaut sie an. »Du musst jetzt was sagen. Du bist die Pfarrerin.«

Sie nickt. »Schön, dass ihr alle gekommen seid, um Benni dabei zu begleiten, seinen Kater Herrn Hasenwanz zu beerdigen. Er ist heute bei einem tragischen Vorfall auf dem Fluss tödlich verunglückt. Er war Benni ein treuer Freund. Wir wollen ihn nie vergessen.«

Sie schaut Benni an. »Willst du auch was sagen?«

Er beugt sich zu dem Tier, hebt es zu sich hoch und legt es behutsam in die Grube. Dann greift er nach einer der Rosen, zupft einzelne Blütenblätter heraus und streut sie über den Leichnam. »Lieber Herr Hasenwanz. Du sollst in Frieden ruhen. Danke, dass du mein Freund warst.« Er tritt zur Seite und winkt Andreas zum Herkommen.

Der beugt sich zu den Rosenblüten und lässt Barbie sie auf den Kater streuen. Dann geht er zu Benni. »Barbie ist traurig.«

Alle haben zugesehen und machen es so oder ähnlich. Sogar Gerd kommt zu Benni und murmelt etwas von Beileid wie er es bei der Beerdigung seiner Oma erlebt hat.

Benni nickt ihm zu und fühlt die Zuneigung in den Blicken der Umstehenden. Als alle Rosenblüten auf Herrn Hasenwanz liegen, ist von ihm nichts mehr zu sehen. Noch einmal rumort der Schmerz in Bennis Bauch, dann greift er nach der Schaufel und lässt die Erde in die Grube fallen, bis sie voll ist. »Später mach ich ein Kreuz drauf.«

»Das ist gut und jetzt gehen wir zum Essen auf die Terrasse. Florian und die Eltern von Andreas haben schon alles vorbereitet.«

Da hört Benni das Knurren und spürt das Loch in seinem Bauch. »Trauer macht Hunger, oder?«, fragt er zu Olga gewandt.

»Da hast du recht. Das Leben ruft uns. Es will weiterleben.«

Still folgt Benni ihr. Gut, dass er das Grab hier im Garten hat. So kann er jeden Tag kommen und Herrn Hasenwanz erzählen, was er erlebt hat.

63

Benni sieht Gerd auf sich zukommen.

»Magst du mit mir nach München fahren?«

»Was machen wir da?«

Gerd zögert einen Moment. »Wir gehen in eine ganz tolle Bar. Ich lad' dich ein.«

Benni überlegt und denkt daran, dass Gerd nett zu ihm war bei der Beerdigung von Herrn Hasenwanz. Vielleicht will er ihn trösten. »Also gut. Ich komm mit.«

»Abgemacht«, sagt Gerd und freut sich.

Sie sagen Olga Bescheid, die nicht danach fragt, wohin sie fahren. Sie scheint erleichtert darüber zu sein, dass die beiden etwas zusammen unternehmen. Es ist später Nachmittag und Olga verspricht, etwas vom Abendessen für sie aufzuheben.

Am Münchner Hauptbahnhof nehmen sie die U-Bahn und dann den Bus. In diesem Stadtteil war Benni noch nie. Als sie an der Haltestelle aussteigen, zeigt Gerd auf das Haus, auf das sie zu gehen. Es sieht aus wie der Adventskalender, den Benni jedes Jahr bekommt. Leuchtend rote Fenster mit Herzen drauf, doch keines davon ist geöffnet. Vor den unteren Fenstern steht ein großes Schild mit einer liegenden Frau in Unterwäsche. Das passt zum Sommer und er beschließt, dass das Haus nichts mit Advent zu tun hat.

Gerd kennt sich hier aus, und Benni folgt ihm die tomatenrot beleuchtete Treppe hinauf zu einer Tür, vor der ein schwarz gekleideter Mann steht.

»Er gehört zu mir«, sagt Gerd und der Mann lässt sie hineingehen.

Einen Raum wie den, den sie jetzt betreten, hat Benni noch nie gesehen. Das farbige Licht bewegt sich wie Wasser in einer dunklen Höhle, ohne dass Lampen zu sehen sind. Er erinnert sich an eine Tauchtour im See, mit Matte, dem Tauchlehrer. Damals tauchte Benni im Neoprenanzug mit einer Sauerstoffflasche auf dem Rücken. Tief unten war es kalt und dunkel. Die schönen Farben fehlten.

Hier dagegen ist manches in rotes, anderes in blaues und wieder anderes in grünes Licht getaucht. Dazwischen herrscht Dunkelheit wie damals im See. Die Musik ist ein sanftes Streicheln, in das sich Benni am liebsten hineinfallen lassen will. Es gibt eine Bühne mit einer Stange wie in der Straßenbahn, und er stellt sich vor, dass man sich beim Tanzen daran festhält, wenn einem schwindelig wird. Außerdem ist da noch eine Bar mit hohen Stühlen ohne Lehnen und eine Tanzfläche. Darum herum gibt es Tische mit breiten Sesseln, die wie rote Königsthrone aussehen. Benni wird von dem bunten Licht, das sich ständig bewegt, schummrig im Kopf. Er schaut nach Gerd, der bei einer Frau steht, die durch einen Torbogen gekommen ist. Auch dahinter leuchtet es farbig.

»Setz dich an den Tisch dort. Ich geh mit der Frau«, sagt Gerd zu ihm gewandt und zeigt auf einen der Sessel vor der Bühne. Benni folgt bereitwillig der Empfehlung und versinkt im weichen Polster. Eine andere Frau mit einem Glas in der Hand kommt auf ihn zu. Das Getränk sieht aus wie Coca-Cola und riecht würzig nach Karamell.

»Das ist für mich? Da ist kein Alkohol drin? Das ist wichtig, damit ich keinen Anfall krieg«, sagt Benni und zieht an dem Strohhalm. Die Frau sieht aus wie Sunny ohne Kopftuch. Sie hat nichts an außer Unterwäsche mit Spitzen und er beobachtet, wie sie mit ihren langen Beinen zur Bühne hinaufsteigt und an der Stange herumturnt. Immer wieder klatscht er, wenn eine Bewegung besonders schön anzuschauen ist. Hinter sich im Raum nimmt er ein fremdes Klatschen wahr.

Da verbeugt sich die Frau vor Benni und er kann vor Begeisterung nicht mehr aufhören zu applaudieren. Sie kommt zu ihm und setzt sich auf die Lehne des Throns. »Es hat dir gefallen?«

»Du bist wunder-wunder-schön und du bist die beste Tänzerin, die ich gesehen hab.«

Sie beugt sich zu ihm und gibt ihm einen Kuss auf die Wange. »Solche Komplimente mag ich. Sie sind sogar noch besser als Geld, aber nicht verraten, abgemacht?«

Benni lächelt ihr zu. »Du riechst wie bisschen reife Ananas.«

Sie atmet hörbar ein. »Ich hoffe, du magst den Geruch. Willst du mit mir aufs Zimmer?«

Er schaut in ihre stark geschminkten Augen, die traurig aussehen. »Du meinst wegen Sex? Nein. Das mag ich nicht. Ich warte nur auf Gerd. Muss ich was bezahlen für die Cola und das Tanzen? Schau, ich hab fünf Euro dabei.«

Sie schüttelt lächelnd den Kopf und wirft ihm eine Kusshand zu, bevor sie zu einem anderen Mann geht.

Als Gerd zurückkommt, hat er einen roten Kopf und riecht wie nach einem Wettlauf. Er will von Benni wissen, was er erlebt hat.

»Ich habe die Frau angeschaut, einen Kuss gekriegt und geredet.«

»Echt? Und musst du noch was bezahlen?«

Er schüttelt den Kopf und folgt Gerd nach draußen.

Der Bus zum Bahnhof kommt lange nicht und Gerds Laune verschlechtert sich. Er fragt Benni nach Geld für ein Taxi und bekommt die fünf Euro gezeigt. Auf der Heimfahrt schweigen sie beide und Benni überlegt, wie er Gerd fröhlich machen kann. Ihm fällt nichts ein und er beschließt, sich über das Erlebte zu freuen. Vielleicht kann er Gerd damit anstecken.

Zurück im Wohnheim besucht Benni vor dem Schlafengehen noch Herrn Hasenwanz. Diesmal gibt es so viel zu erzählen, dass er damit nicht bis zum nächsten Tag warten mag.

64

Er hat einen Termin bei Herrn Grünen und hofft, dass es ein gutes Gespräch wird.

Der Chef des Betriebs lächelt freundlich bei Bennis Eintritt. »Bei dir ist gerade viel los, hat mir deine Betreuerin Olga erzählt.«

Benni nickt. »Ich mach ein Praktikum, und vielleicht zieh ich um und arbeite dort.«

»Da werden einige hier traurig sein.«

»Ich weiß nicht«, stammelt er überrascht.

»Aber sicher doch. Auch wenn es manchmal Probleme gab, bist du jemand, auf den viele schauen und dich als Vorbild haben. Sogar uns Betreuern hast du manche lehrreiche Nuss zum Knacken geliefert.«

Herr Grünen zwinkert mit dem linken Auge.

Benni, der diese Ehrung nicht erwartet hat, fällt ein Spruch ein, den er früher sagte, wenn ihn jemand lobte.

»Das ist Balsamico für mich.«

Natürlich weiß er inzwischen, wie es richtig heißt, doch es ist schöner, den Spruch falsch zu sagen, weil dann jeder lacht. So verlässt er erleichtert das Büro mit der Freistellung für das Praktikum in der Tasche.

Auf dem Gang begegnet ihm Andreas. »Barbie muss immer aufs Klo«, sagt er und zeigt seine Puppe.

»Du musst ihr Kleidung anziehen, damit sie nicht immer einen kalten Bauch kriegt.«

Andreas schaut Benni mit großen Augen an und nickt stumm.

Als Benni zurück am Arbeitsplatz ist, fällt ihm ein, Andreas seine FC Bayern-Sachen zu überlassen. Dann muss der sich nicht weiter über die Fanartikel vom ›1860 München‹ ärgern, die ihm sein Papa, der Jupp, immer schenkt.

Noch bevor sich Benni wieder auf die bunten Kappen für die Spritzen konzentrieren kann, winkt ihm Marcus, zu ihm zu kommen. »Lust auf einen Kaffee?«

Als Benni nickt, will Marcus wissen, ob er ernsthaft daran denkt, zu kündigen.

»Jep. Ich hab eine gute Arbeit gefunden, aber erst muss ich Praktikum machen.« Benni fühlt sich endgültig erwachsen, als er seinem Abteilungsleiter gegenüber steht.

»Cool. Da wünsch ich dir viel Erfolg dafür.«

Benni nimmt einen Atemzug. Die Lachfalten in seinem Gesicht glätten sich, als er sagt: »Ich will immer dein Freund sein, aber du bist immer gegen mich.«

»Nein, Benni. Gegen dich hab ich nichts. Zumindest, bis du mich mit Rosi erwischt hast. Das hätte nicht geschehen dürfen. Du hast mich beim Chef verpetzt. Echt peinlich.«

»Entschuldigung. Aber ich kann nicht anders mit Geheimnissen. Aber jetzt kann ich, jetzt bin ich erwachsen.«

Marcus lacht. »Danke, Benni. Jetzt brauch ich das nicht

mehr. Ich werde kein Geheimnis mehr mit dir teilen. Rosi ist Geschichte, verstehst du?«

»Nein. Versteh ich nicht. Wie ist sie Geschichte?«

»Schnee von gestern? Klingelt's noch immer nicht?«

Benni schüttelt den Kopf und wirft einen Blick durch die Scheibe nach draußen. Es ist bald Herbst und es schneit bestimmt noch lange nicht.

»Ich bin nicht mehr mit ihr zusammen, klar? Von daher war es gut, dass du nicht dicht gehalten hast. Ein guter Grund, es zu beenden. War eh nur was Körperliches, verstehst du? Also nur Sex, nichts weiter.«

Benni nickt.

»Und du? Noch immer keine Freundin, mit der du Sex hast?«

Benni nimmt einen tiefen Atemzug. »Hast du nicht verstanden? Ich mag Frauen zum Schmusen und Anschauen und Reden und Tanzen und – alles, aber nicht Sex.«

»Echt? Aber warum das denn?«

»Ich ... Egal. Ich mag nicht darüber reden. Okay?«

»Ja klar. Es tut mir Leid, dass ich dich falsch eingeschätzt hab.«

Benni reicht ihm die Hand. »Gut. Ich verzeih dir. Sind wir jetzt Freunde?«

Marcus schlägt ein. »Logisch. Du bist echt gut. Willst du nicht doch bleiben?«

Er schüttelt den Kopf. »Nein. Ich habe mich entschieden. Im Lokal arbeiten ist schöner für mich. Die Frauen mögen mich und brauchen mich. Das ist toll. Ich bin froh, dass ich das jetzt habe.« Außer Atem geraten von all den

Worten, die ihm aus dem Mund gepurzelt sind, hält er inne. »Du kommst ins Lokal. Ich kann gut bedienen, versprochen.«

Marcus nickt und geht auf ihn zu. »Lass dich drücken.«

Da muss Benni schniefen, weil so viel guter Marcus Geruch in seine Nase kommt.

65

»Benni«, ruft Olga und klopft an seine Tür.

»Komm rein», ruft er und wirft einen Blick zum Schrank. Noch immer passiert ihm das, obwohl Herr Hasenwanz nicht mehr lebt und Olga ihn nicht mehr verbieten würde. Aber manchmal kommt die Traurigkeit zurück wie eine schwarze Wolke am hellen Himmel und überschwemmt alles mit Sturm und Regen. Benni spürt sein Herz zittern, als gehe ein Sprung mitten durch.

Olga kommt herein und schaut mit müden Augen. Auch ihre Schultern und die Haare hängen, als sei sie durch den Regen gegangen. Ist sie vielleicht auch noch traurig wegen Herrn Hasenwanz?

»Benni, wie geht's dir?«, fragt sie, doch Benni schüttelt den Kopf. Er will nicht darüber reden, sonst kommen wieder die Tränen.

»Was willst du?«, fragt er leise und schnuppert an Olgas ungewohntem Duft. Sie riecht nach frischem Holz, das statt zu brennen nur Rauch macht.

»Die Jutta vom Lokal hat auf die Mailbox gesprochen. Sie klang irgendwie traurig und meinte, dass sich etwas geändert hat in ihrer Planung und du dich melden sollst.«

Benni hört »traurig« und »geändert« und »sich melden« und weiß Bescheid. Das sind die Wörter, mit denen sich Enttäuschungen ankündigen. Er nimmt einen tiefen Atemzug. Auch wenn jetzt vielleicht alles wieder ganz anders ist als gedacht, wird er es schaffen, weil so viel schon hinter ihm liegt. Sein Herz klopft schnell. »Okay. Ich mach das.«

Weil Andreas nach ihr ruft, lässt Olga Benni allein. Er legt sich aufs Bett und stellt sich vor, wie er Herrn Hasenwanz über den weißhaarigen Kopf streicht. Der Kater blickt ihn aus seinen grünen Augen an und maunzt.

»Du fehlst mir ganz arg, weißt du das?«, sagt er leise und schluckt. Wieder einmal weiß er nicht, wie es weitergehen soll in seinem Leben. Aber vielleicht wird auch so alles gut mit Olga, die verstanden hat, dass sie ihn nicht mehr erziehen muss, und mit Marcus, der sein Freund geworden ist, auch wenn er beim Arbeiten sein Chef bleibt. Vielleicht kann Benni in einer anderen Abteilung arbeiten? Darüber muss er gut nachdenken. So viele Gedanken sind in seinem Kopf unterwegs, dass er den Anruf bei Jutta vergisst.

Als Olga ihn am Abend danach fragt, schüttelt er den Kopf. »Das ist nicht so schlimm, dass das nicht geht mit Juttas Lokal. Ich kann auch hierbleiben.«

Olga schaut ihn zweifelnd an. Sie scheint etwas sagen zu wollen und dann wieder nicht. Aber dann sagt sie doch etwas. »Das hat sich für mich aber nicht nach einer Absage angehört, sondern eher, dass sie aus einem anderen Grund traurig ist. Du solltest sie auf jeden Fall anrufen.«

»Echt?« Plötzlich hat er das Gefühl, sein Leben wieder in der Hand zu haben. Genau jetzt muss er den entscheidenden Schritt tun, damit endlich alles ganz richtig wird. Olga begleitet ihn ins Büro und spielt ihm Juttas Nachricht vor. »Ich lass dich jetzt allein. Drück hier drauf, dann erreichst du sie.«

Doch auch bei Jutta springt die Mailbox an. Er hört ihre Ansage und zögert, auf das Band zu sprechen. Als er es dann doch tut, stottert er vor Aufregung. »Hier ist Benni. Du willst, dass ich anrufe, aber jetzt bist du nicht da. Das ist nicht so schlimm. Vielleicht willst du nicht, dass ich komme. Das ist okay, aber ich bin bisschen traurig. Dein Café ist super schön und ich wünsch dir, dass viele Leute kommen.« Plötzlich spürt er ein arges Würgen im Hals, weil er an den rot gestrichenen Raum mit den großen Fenstern und den Luftballons und den rotweiß gestreiften Sonnenschirmen davor denkt. Vielleicht hätte Jutta ihm sogar erlaubt, dass er beim Bedienen seine rote Kappe auflässt. Er drückt rasch den Knopf zum Beenden seiner Ansage und geht langsam zurück ins Wohnzimmer.

»Und?«, fragt Olga und er zuckt mit der Schulter.

Sie kommt ihm hinterher. »Hast du sie erreicht?«

Als er den Kopf schüttelt, hält sie ihren Zeigefinger vor die Lippen und schluckt hinunter, was sie hat sagen wollen. Sie atmet tief ein und wieder aus. Diesmal wird sie ihm alles weitere überlassen. Er braucht ihre Ratschläge nicht mehr.

66

Es hat nicht funktioniert. Frau Düren schaut Benni traurig an. »Er hat fest zugesagt, hier im Café auf uns zu warten.« Es war ihre Idee, Bruno Metzger zu treffen, um mehr von Marie Marie zu erfahren, bevor sie mit einer Therapie beginnen.

Benni ist noch nicht bereit, aufzugeben. »Du hast die Nummer von sein Handy?«

Sie schüttelt den Kopf.

»Aber ich weiß, wo die ist«, sagt er. »Ruf Olga an.«

Olga ist überrascht von dem Anruf, hat jedoch keine Bedenken, die Nummer von Bruno weiterzugeben. Als Frau Düren den Betreuer am Telefon erreicht, stellt sie laut, um Benni mithören zu lassen.

»Tut mir leid, dass ich nicht kommen kann. Ich verbringe den Tag mit Elsa im Tierpark. Was sie will, hat für mich Vorrang.«

Benni schüttelt den Kopf. Er hat Marie Marie gerade eben in der Sonnenpassage begrüßt. Frau Düren macht ihm jedoch ein Zeichen zu schweigen. »Sie kümmern sich rührend um Elsa. Kompliment. Darf ich kurz mit ihr sprechen?«

Es dauert einen Moment, bis Bruno wieder zu hören ist. »Elsa lehnt ab. Sorry.«

»Kein Problem. Sie sind ja ihr Vormund und kennen sie besser als ich. Sagen Sie ihr einen lieben Gruß!«

»Das werde ich tun. Auf Wiederhören.«

Benni meint, platzen zu müssen. Bruno Metzger hat gelogen und er will den Grund wissen, doch Frau Dürren schüttelt den Kopf. »Ich werde es herausfinden. Das verspreche ich dir. Bestimmt geht's ums Geld. Er bekommt die Vormundschaft vergütet und kann zusätzlich sicher etwas für die gemeinsamen Unternehmungen abrechnen. Vielleicht ist sie vermögend und er nutzt sie aus. In diesem Fall sorge ich dafür, dass er den Job los wird und Marie Marie sich stattdessen eine Therapie leisten kann.«

Noch etwas anderes fällt Benni plötzlich ein. Der Gemüsehändler hat denjenigen, der den Rollstuhl zu den Müllcontainern geschoben hat, als bärtigen Mann beschrieben. Ist es der Betreuer selbst gewesen, der sich über Marie Maries Einnässen geärgert und sie bestraft hat? Wie muss er erschrocken gewesen sein, als er sie dort nicht wiederfand.

Auf dem Heimweg zum Wohnheim fühlt Benni seinen Kopf schwer werden. Dieses letzte Treffen mit Frau Düren im Café hätte ein schöner Abschluss und ein guter Beginn für Marie Maries Therapie werden sollen. Sie muss ihren Betreuer ganz schnell loswerden. Aber wie? Darüber will Benni nachdenken.

Soll er Olga erzählen, was er über Bruno weiß oder es ihr selbst überlassen, ihn richtig kennen zu lernen? Als der Türöffner summt und er die Glastür zum Erdgeschoss hinter sich zufallen hört, hat er noch keine Entscheidung getroffen. Olga ist gerade im Büro beschäftigt, als er die Klinke seiner Zimmertür herunterdrückt.

67

»Benni«, schallt Olgas Ruf durch den Gang. »Telefon. Jutta ist dran.«

Andreas läuft zum Büro, gefolgt von Sabine. Benni springt aus seinem Sessel, lässt die Tür hinter sich offen stehen und geht auf Olga zu, die vor der Bürotür steht.

»Alle raus hier. Das ist ein Anruf für Benni.«

Damit schließt Olga die Tür hinter ihm und führt die anderen zurück in den Gang.

»Hallo? Hier ist Benni.«

»Grüß dich, Benni. Danke für deinen Rückruf. Ich war lange mit Josef unterwegs, dem es nicht gut geht. Er will wieder in der Werkstätte arbeiten. Die Gastronomie ist einfach viel zu aufregend für ihn. Deshalb meine Frage oder eher meine Bitte, dass du dich für unser Lokal entscheidest. Ich brauch dort jemand wie dich so bald wie möglich und kümmere mich auch zeitnah um dein Zimmer in unserer Mitarbeiter-WG. Aber vorher will ich natürlich hören, wie du dazu stehst.«

Er hält den Atem an, bis Jutta zu reden aufhört. Erst dann stößt er die verbrauchte Luft aus und schnappt nach neuer.

»Ja, ja, ja. Ich komme.«

Jutta lacht.

»Hast du den Knall gehört, mit dem sich meine Grübelei gerade in Luft aufgelöst hat? Du bist ein Glücksfall für unser Lokal. Das ist mir klar geworden, obwohl ich dich ja nur die eine Stunde lang erlebt hab.«

»Gut, meine Chefin Jutta. Ich komm morgen?«

Ende

Hat dir die Geschichte gefallen? Magst du deine Meinung dazu schreiben? Rezensionen verhelfen dem Buch zu mehr Reichweite. Es ist mein Herzensanliegen, die Akzeptanz von geistig beeinträchtigten Menschen zu steigern. Sie sind mit ihren Besonderheiten nicht nur ein wertvoller Teil unserer Gesellschaft, sondern machen diese oft auch bunt und aufregend. Ganz herzlichen Dank dafür!

Kennst du das erste Benni-Buch?

Das kann nich jeda,
sagt mein Bruder Benni,
der mega coole Behindi.

Maria M. Koch

ISBN: 9783756275663

Es ist aus Leanders Perspektive geschrieben und schildert die Beziehung der Brüder, als Benni noch zu Hause wohnt. Sein Auftreten ist Leander manchmal peinlich, bis ihm klar wird, wie selbstbewusst und mutig Benni sich oft verhält. Leander versteht, was ihm der geistig beeinträchtigte Bruder voraus hat und schafft es endlich, für sein eigenes Leben krass gute Entscheidungen zu treffen.

Falls du mehr von mir, meinen Büchern und Projekten erfahren willst, folge mir doch auf Instagram: autorin_maria_margareta_koch

Im Anhang habe ich Ansprechpartner und Initiativen gesammelt. Gerne darfst du sie ergänzen. Die meisten der Vereine sind in Bayern angesiedelt, weil ich hier lebe.

Anhang

zu geistiger Behinderung und inklusivem
Wohnen, Beziehung, Liebe und Sexualität

Access Inklusion im Arbeitsleben
Frau Andrea Seeger, Erlangen
arbeit@access-ifd.de   ✆ 0 91 31/89 74 44

Außergewöhnlich-gut-leben/
Special Needs Parenting
Marion Mahnke   ✆ 0 42 21/6 80 68 88

GEMEINSAM LEBEN LERNEN e.V.
für Inklusive Wohngemeinschaften
in München
Gaby Weiß   ✆ 089/8 90 55 98 18

GEMEINWOHLWOHNEN e.V.
für inklusives Wohnprojekt München
Metzgerstr. 5a

Kunterbunt Reisen e.V. Murnau
info@kunterbunt-reisen.de   ✆ 0 88 41/9 02 67

Lebenshilfe Berlin
Sexualtherapeutin Mirka Schulz mit Beratung
zu Partnerschaft und Sexualität »Liebe, Lust und Frust«
sowie Partnervermittlung »Traumpaar«
mirkaschulz@therapie-auf-augenhoehe.de
   ✆ 030/82 99 98 14 12

Lebenshilfe Landesverband Bayern,
Fortbildungsinstitut Erlangen
Silke Gramann   ✆ 0 91 31/7 54 61 50

Lebenshilfe München,
Offene Hilfen – OBA – Freizeit-Clubs
Harry Zipf   ✆ 089/69 34 71 77

Lebenshilfe Nürnberg,
Projekt Netzwerk Partnerschaft
Herr Ehrmann   ✆ 01 59/04 90 93 63

OBA_acht 2024 – Veranstaltungen
der Offene Behindertenarbeit München
Blutenburgstr. 71, 80636 München   ✆ 089/12 66 11 60
Andrea Strobl   ✆ 089/12 66 11 45
andrea.strobl@elkb.de

Pfiff gGmbH mit LieLa
Sexualpädagogische Beratungsstelle
für Liebe, Lust und Aufklärung
für Menschen mit und ohne Behinderung
Kathrin Loder Dachau   ✆ 0 81 31/6 66 66 70

Pro familia Würzburg
Frau Maria Bakonyi, Dipl. Sozialpädagogin (FH),
Sexualpädagogin (ISP, Merseburg)
maria.bakonyi@profamilia.de

WOHN:SINN
Bündnis für inklusives Wohnen e.V.
Gabi Weiss   ✆ 089/95 45 74 74